दिल की आवाज

कांची सिंघल

सन्मति पब्लिशर्स एण्ड डिस्ट्रीब्यूटर्स

ISBN: 978-93-851936-7-5

प्रकाशक

सन्मति पब्लिशर्स एण्ड डिस्ट्रीब्यूटर्स

मुख्य कार्यालयः

बी–347, संजय विहार,

मेरठ रोड, हापुड़–245101 (उ0प्र0)

प्रशासनिक कार्यालयः

एच–211, सेक्टर–63,

नोएडा (उ0प्र0)

email: sanmati555@gmail.com

मो. 8439645104, 09997184964

प्रथम संस्करणः 2016

डिजाईन एण्ड टाईप सैटिंग

RETROTECH

दिल की आवाज

मुहब्बत, एक हसीन लफ़्ज कहते, सुनते ही होशोहवास पर एक रूमानियत सी छा जाती है। इतनी ठंडक, इतना सुकून, सिर्फ एक लफ़्ज में खुदा का नूर सिर्फ एक लफ्ज में। मुहब्बत, वक्त की हथेली पर रची मेहंदी की तरह, रंग चाहे कितना सूर्ख हो, महक चाहे कितनी लज्जत भरी, वक्त का तलातुम इसे फीका कर ही देता है, नहीं फीका पड़ता तो बस वो खुशनुमा एहसास। ताउम्र साथ चलता, एक खुमार है मुहब्बत, खुदा की रोशनाई में शुमार है मुहब्बत।

मुझे मुहब्बत से ज्यादा हसीन और गमगीन कभी कुछ लगा ही नहीं। इश्क को कतरा–कतरा शिद्दत से जिया है मैंने। अपना ही नहीं दूसरे के दिल के दर्द को भी छुआ है मैंने।। इश्क का कोई पहलू नहीं, जो मेरे दिल को छू के न गुजरा हो, और शायद इसीलिए मेरी कलम को भी इश्क से इश्क हो गया। शायद इसीलिए मेरी कलम इबादते इश्क से आगे कभी बढ़ी ही नहीं।

इसी मुहब्बत के फलसफे को आपकी नजर करने की एक कोशिश है 'दिल की आवाज'। आइये आपको भी सैर कराते हैं, मुहब्बत की इस अनसुलझी सी दुनियाँ की, बिना किसी रदीफ के, बिना किसी काफिये के।

बस दिल से सुनिये– 'दिल की आवाज'। हर उस शख्स की नजर, जिसने शिद्दत से मुहब्बत को जिया है, महसूस किया है, बयाँ किया है –

स्वागत है आपका 'दिल की आवाज' में।।

कांची सिंघल

दिल की आवाज

तू मेरा वो किस्सा है, जो बेलफ़्ज़ है।

कभी सोचा है तुमने, कि क्या है ये मुहब्बत,
तूफाँ है, बला है, खलिश[1] है, ... क्या है?
या है, शायद एक इंतजार,
इंतजार,
कभी तेरी बातों का, तो कभी मुलाकातों का
कभी तेरे आने का, तो कभी तेरे बुलाने का
इंतजार, कभी तेरे किए वादे का,
तो कभी, डरे–डरे, सहमे हुए तेरे इरादों का,
इंतजार, इंतजार, इंतजार,

क्या है ये मुहब्बत? शायद कोई खुदा,
वो खुदा,
जिसकी इबादत करने को जी चाहता है,
वो खुदा, जो हर किसी को नहीं मिलता,
या वो खुदा, जो हमारी तकदीर लिखता है,
या कि वो खुदा, जो हमारी तकदीर बन जाता है,

क्या है ये मुहब्बत? शायद कोई सजा,
सजा है,
रात भर किसी की याद में जागकर,
अश्कों से तकिया भिगोने की,
या सजा है,
उन बेसब्र आँखों पर, जो तड़पती है किसी की
एक झलक की खातिर
या कि सजा है, उस दिल को,
जिसका सुकूं छीन लिया किसी के बेरब्त[2] वादों ने,

क्या है ये मुहब्बत? शायद एक हसीं ईनाम,
ईनाम, जिसकी आरजू, फरिश्ते भी करते हैं,
ईनाम, जैसे की रब की दी हुई कोई नियामत,
या कि, जैसे बरसों से बंद कमरों में,
रोशनदानों से झाँकती रोशनी,

क्या है ये मुहब्बत? कोई तो बताये,
शायद एक दरियादिली,
कि किसी का हर गुनाह, माफी पा जाए,
कि किसी की आरजू अपनी ही हसरत बन जाए,
या कि किसी को खुदा ही बना दिया जाए,

क्या है ये मुहब्बत? शायद कोई दीवानगी,
दीवानगी, कयामत तक के इंतजार की,
दीवानगी, किसी को खुदा बना देने की,
दीवानगी, सजा में भी लुत्फ उठाने की
दीवानगी, ईनाम हासिल करने की,
दीवानगी, दिल को दरिया बना देने की,

हाँ शायद ये कमबख्त दीवानगी ही तो है
और हम दीवाने हैं तेरे, बेतहाशा।।

1. जलन या खारिश 2. असंगत

लफ्जों को चबा–चबाकर, बड़ी जुबान में,
अपना हाले दिल कहता है वो,
वक्त के हाथों रूसवा होने से,
शायद डरता है वो,

है एहतराम[1] मुझे भी, उसके इश्क की रानाई[2] का,
खामोशियों से भी, बेहिसाब शोर करता है मुझमें वो,

आहिस्ता–अहिस्ता करके इशारा,
वो अपनी मुज्महिल[3] ख्वाहिशों का,
तड़प के कहता है, कि अब इससे ज्यादा,
और नहीं कह सकता वो,

इश्क में अभी और चमकेगी, सितारावार,
तीराबख्त[4] हसरतें दिल की,
फलक पे है कोशिशें उसकी,
गमे–रोजगार से अभी हारा नहीं है वो,

होकर मखमर[5], वो देखता है,
रौनकें मेरे चश्मों आरिज[6] की
और मुज्तरिब[7] हुआ जाता है,
वो मेरा हमनशीं, सादालौह[8] वो।।

1. सम्मान देना 2. सुंदरता 3. थका हुआ या व्याकुल 4. भाग्यहीन 5. नशे में चूर 6. गाल 7. आकुल या व्याकुल 8. सरल स्वाभाव वाला

गहरी होती शाम के साथ,
तेरी यादें भी गहराती जाती हैं,
और ढक लेती हैं, मेरे वजूद को
और फिर मैं इंतजार करती हूँ,
कि कब तुम चांद बनकर खिलोगे, मेरे मन के आँगन में,
और तेरी चाँदनी में, पा लूंगी मैं खुद के वजूद को

जो गुम हो गया है तुझमें कहीं
बड़े अजीब हालात है मुहब्बत के
कि हम खुद को वहीं ढूंढते हैं
जहाँ हम खोना चाहते हैं
उफ्फ..... ये मुहब्बत।।

तुम्हारी निशानियाँ
आजकल मेरे आस–पास नजर आने लगी हैं,
बिखरने लगी हैं, यहीं–कहीं, इधर–उधर,

कभी उस महकते सुर्ख गुलाब में,
जो सजाया था तुमने कभी मेरी जुल्फों में,
तो कभी, तकिये के नीचे, लिख के छिपायी,
किसी गजल में,

कभी होठों में खिलती, बेमतलब की हंसी में,
तो कभी, तेरी जुदाई से उभर आई
मेरी उदासियों में,

और मैं, छिपाती फिरती हूँ इन सबको,
जालिम जमाने की नजरों से,
तुझे पाने की ख्वाहिश में।।

सुबह इंतजार, शाम इंतजार, फर्क है तो बस इतना
हर सुबह किसी ख्वाहिश के
पूरा होने का इंतजार

हर शाम उन अधूरी ख्वाहिशों के
कल पूरा होने का इंतजार

कभी वहशी, तो कभी बेबस बनाता इंतजार
तो कभी इंतजार के खत्म होने का इंतजार

मासूम आरजुओं को निष्ठुरता से
निगलता इंतजार
तेरी मुहब्बत एक इंतजार
सिर्फ एक अंतहीन इंतजार।।

सियासत की दुकानों में तो मुद्दे हैं बहुत हमदम,
जिसे चाहे हवा दे दो, जिसे चाहो उछालो तुम,

मैं दिल की बात कहती हूँ, मेरे एहसास कहती हूँ,
सियासत के शरारों को, मुहब्बत पर न डालो तुम

मैं तुझसे इश्क करती हूँ, तेरे सजदे में रहती हूँ,
मेरे जज्बात को समझो, मुझे अपना बना लो तुम

मेरी साँसों में बसते हो, तेरे बिन मैं अधूरी हूँ,
तुझे मोहन बना लूँ मैं, मुझे राधा बना लो तुम

मैं पारस मान बैठी हूँ, तुझे अपने मुकद्दर का
मुझे ऐसे छुओ साजन, मुझे कुंदन बना लो तुम

सुलगता गीत बनकर मैं तेरे होठों पे रूक जाऊँ
तेरे लफ्जों को चुन लूँ मैं, मुझे सरगम बना लो तुम

महकते गेसुओं को मैं, तेरे शानों पे बिखरा दूँ,
तेरी हर साँस में महकूँ, मुझे संदल बना लो तुम

किसी दिन रूठ गयी साजन, मुझे न ढूंढ पाओगे
सितारा बन न जाऊँ मैं, मुझे जुगनू बना लो तुम।।

इश्क का मौसम, उस पे ये वसंत
जज्बातों के तलातुम[1] पे, काबू पाऊँ भी तो कैसे,

बसर चाहती हैं हसरतें, तेरी बाँहों की पनाहों में,
पर वक्त की नाइंसाफियाँ, तुझे गले लगाऊँ भी तो कैसे,

इश्क अपनी रिवायतें चाहता है, और जिंदगी अपनी
मैं कश्मकश में हूँ, दोनों साथ मनाऊँ भी तो कैसे।।

दिल परेशां है, हदे तर्के मुहब्बत से,
अश्कों के इस सैलाब को, छिपाऊँ भी तो कैसे,

हसरतें हैं, कि उड़के तुझे छू लेना चाहती हैं,
पर आदम की जात हूँ, खुद को पंख लगाऊँ भी तो कैसे,

गुस्ताख मन, मुझे छोड़ तेरी ओर भागता है,
हयाते पाबन्दियाँ, इसे समझाऊँ भी तो कैसे,

दिल सोगवार[2] है, नागवार एयाम–ए–मुसाफत[3] से
बेबसी का आलम है, छुटकारा पाऊँ भी तो कैसे?

1. तूफान 2. दुखी 3. सांसारिक दुख

हसरतें सुलगती रहीं, दिलों की, सरेआम महफिल में,
तमाशबीन झुलसते रहे, बेकार महफिल में,

दिल तो बहुत था, कि कह दूँ, हर दिले हाल महफिल में
पर गुस्ताखियों की इजाजत नहीं, यार महफिल में

वादिये दिल रंगीन थी, तेरे होने से महफिल में
पर बंदिशें चुभती रहीं, बन के खार महफिल में

गुस्ताख नजरें होने लगी, गुलनार महफिल में
हम पलकें झुकाते ही रहे, चुपचाप महफिल में

रफ्ता–रफ्ता उठते रहे, दिल के तूफान महफिल में
खामोश तुम रहे, खामोश हम रहे, लिहाजे महफ़िल में।।

मुहब्बत है तो कर खुल के,
गर नहीं, तो दिखावा भी नहीं,

छुपा ही जाता है जो बदलियों में,
यकीनन वो चाँद मेरे हिस्से का नहीं

जलने लगे हैं, पाँव अब, आतिशे दोपहरी में,
मुद्दतों से चाँद धूप में निकलता ही नहीं

ख्याल तो बहुत हसीन था, वो तेरी मेरी मुहब्बत का,
पर महज ख्याल था, कोई हकीकत नहीं,

बावफा हो कोई तो तुझ जैसा हो
वफा की तुझे फुर्सत कहाँ और बेवफाई तेरी आदत नहीं

बुलन्द आवाजें जो जलजला दे महफिलों को,
हम में कहाँ?
हम तो महज आशिक हैं, कोई हुनरमंद शायर नहीं,

मुझे बरबाद कर वो चैन से सो गया?
ख्वाब डराते हैं उसे, सुकून तो उसको भी नहीं।।

जिन्दगी तो वो है, जो गुजरे महबूब की बाँहों में,
वरना तो सिर्फ तारीखे बदलती हैं,
और उम्र सरकती है,

दिल तो वो है, जो धड़क जाए यार के ख्याल से ही,
वरना तो महज औजार है,
जिस्म को जिलाने का,

गुफ्तगूँ तो वो है, जिसमें सनम का जिक्र हो,
वरना तो बस मुद्दे है बेसबब
महज वक्त बिताने के लिए।।

या खुदा, मुहब्बत की पेशानी पर क्यूँ लिख दिया,
कि जो रकीब है, वही दिल के करीब है,

ये सर, जो झुका था, सिर्फ खुदा के सजदे में,
क्यों आज झुक के, किसी रकीब के कदमों तले
जन्नतें ढूँढता है,

क्यूँ इस कदर बढ़ी ख्वाहिशें मेरी,
कि ख्वाहिशें बुलन्दी से, कुछ ऐसे शर्मसार हो बैठे,
कि जरूरत ही नहीं, फिर किसी पाबन्दी की,
हम खुद अपने रास्ते की आखिरी दीवार हो बैठे,

हर अश्क के कतरे पर दिल–ए–दुश्मन से
एक आह निकलती है,
खौफजदा हूँ कि कहीं तुझे न लग जाए
इस कर, हर बद्दुआ के बाद, फिर एक दुआ माँग बैठे।।

इबादतों ने उसकी मुझे खुदा बना दिया,
मैं तहरीर थी बिखरी हुई,
उसने समेटा और गजल बना दिया,

छुआ है जबसे, उसके साये ने मुझे
हुस्न जुगनू हुआ मेरा, मुझे और शफ्फाक[1] बना दिया

बेहिसाब फासले भी एहसासे मुहब्बत मिटा न सके,
शिद्दते मुहब्बत ने दूर–पास का फासला मिटा दिया।

फासलों में भी वो जला करता है, परवाने की तरह,
शमा थी मैं, उसकी हसरतों ने मुझे अंगार बना दिया।

बिना किसी कसमे–वादे के भी, वो बस मेरा रहा,
इस कदर उसे मैंने, अपना तलबगार बना दिया।

मौसमे दिल कुछ यूँ बदला, तूफाँ ए मुहब्बत ने,
खिजा का मौसम था, और बसंत बना दिया।

हमारी महफिल में आये, तो लड़खड़ा गये कदम उसके
जलवों ने मेरे उसे, मखमर[2] बना दिया।

तुझे पाया, तो खोने का डर साथ चला,
मेहरबानी ये इश्क की, मुझे नमाजी बना दिया।

बड़ा फुसूँ[3] है, ए इश्क तेरे हाथों में,
जिसको भी छुआ, कोहिनूर बना दिया।।

1. उज्जवल, 2. नशे में चूर, 3. जादू

मुहब्बत के खत,
मुहब्बत से ज्यादा हसीन
काँपते हाथों से लिखे जाते,
धड़कते दिलों से पढ़े जाते
हजार बार इत्र में भिगोये जाते
बाराह तकिये के नीचे छिपाये जाते
बामुश्किल सनम तक पहुँचाये जाते
लरजते लबों से बेतहाशा चूमे जाते
लज्जते कुर्बत[1] की खातिर बार–बार दोहराये जाते
कभी हँसाते, कभी रूलाते
दिल की बात, दिल तक पहुँचाते
बावफा होते तो सहलाये जाते
बेवफा होते तो जलाये जाते
इश्क की ये लज्जत, अब गुमशुदा सी है।।

1. दूरिया

मुहब्बत की कारस्तानी ऐसी कि
जो कुछ न बन पाये, उसे शायर तो बना ही देती है।

मुहब्बत की बयानबाजी ऐसी कि हर शख्स को
शिकायत है कि लफ्जों की ये कंगाली क्यूँ?

मुहब्बत में ख्वाहिशे, तो बस इतनी कि सब कुछ
लुटाकर भी ये कहना– कि सब पा लिया
उसकी एक मुस्कान में।

मुहब्बत के दर्द–बेजुबाँ की बेबसी की मानिन्द,
सिर्फ महसूस होते हैं, बयाँ नहीं होते।

मुहब्बत की खुशबू, फूलों की मानिन्द,
छुपाओ कितनी, बिखर ही जाती है।

मुहब्बत का जलाल, खुदा की मानिन्द,
जिसको भी छू ले, नमाजी हो जाए।

मुहब्बत खुद ख्यालातों की दुकान हो जैसे,
एक बिक जाए तो दूसरा आ जाता है।

मेरी शायरी भी, तेरी–मेरी औलाद हो जैसे
तुम एक गैर जिम्मेदार बाप की तरह,
अपनी जुदाई रोंप गए मुझमें,
मेरे मन की कोख ने, इसे सहेजा और जन्म दिया
इस शायरी को।।

आज मेरी ये कलम नित नई ऊँचाइयों को छू रही है, मगर
अब इसमें सिर्फ मेरी सोच, सिर्फ मेरे ख्याल
सिर्फ मेरी जहीनियत, सिर्फ मेरी परवरिश होगी,
बेशक ये ताउम्र तेरी जुदाई से लबरेज रहेगी,
मगर, इसे दुनियाँ में सिर्फ और सिर्फ मेरे नाम से
पहचाना चाएगा,

तेरे वजूद का हिस्सा होते हुए भी
तू इसमें कहीं शामिल न होगा,
इसकी बेचैन आँखों में,
लोग तेरी खामोश मौजूदगी को पढ़ेंगे,

अब ये शायरी सिर्फ और सिर्फ मेरी औलाद है,
अब इसपे तेरी कोई दावेदारी नहीं साहिब।।

इतना तो हम तब भी न टूटे थे,
जब तुम पहली बार, मुझे मेरे हाल पर छोड़ गये थे,
जितना कि आज टूटे हैं,
फिर तेरे लौट आने के बाद,

हम तो ढोये जा रहे थे मुद्दतों से, अपने ही कांधे पे
जनाजा अपने अरमानों का,
कि इनमें आज फिर सांस आयी है,
फिर तेरे लौट आने के बाद,

ये जानती हूँ मैं, कि तू फिर पलट जाएगा,
न आने को दुबारा,
वक्त जैसे पलटता ही नहीं,
गुजर जाने के बाद

बामुश्किल भर रही हूँ, जख्म टूटे अरमानों के,
क्यूँ कुरेदते हो, झूठे वादे के खंजर से,
जख्म मेरे,
सूख जाने के बाद।।

इश्क करती हूँ मैं इबादत की तरह
हूँ गुनहगार तो, सजा दो मुझे,
गुनहगारों की तरह,

ये आग इश्क की है, बुझाये न बुझेगी
तुम लाख हवा दो इसे सितमगारों की तरह

ये बेफिजूल हमदर्दियाँ अब फिजूल है मुझ पर
कि अब किसी रहबर की ख्वाहिश नहीं मुझे
टूट चुके चनारों की तरह,
तलातुम[1] ए दीवानगी, बड़े जोरों पे है साहिब,
कि उठते हैं शरारे दिल से,
उफनते हुए फव्वारों की तरह,

जुदा होके भी उससे जिंदा हूँ मैं,
कम नहीं ये सजा मुझ पर,
अब खुश रहने का हुक्म न दो मुझे,
जल्लाद हुक्मरानों की तरह,

यूँ ही घुमड़ते हैं और सिमट जाते हैं,
ये बादल निगाहों में,
कि अब इन्हें कोई पनाह हासिल नहीं
तेरे मजबूत शानों की तरह।।

1. तुफान

नशे में भी लज्जत आने लगी है
कोई दिल की हसरत सताने लगी है
उफनती नदी सी तमन्ना है दिल की,
वो देखो किनारे पे आने लगी है,

गमे जिंदगी से नहीं अब शिकायत
मुहब्बत मुझे अब हँसाने लगी है,
जामे मुहब्बत चखा मैने जबसे
बदन पे खुमारी सी छाने लगी है,

दीवानगी का आलम न पूछो
कि फिर कोई मीरा कहाने लगी है,
मुहब्बत की बातें बड़ी पोशीदा हैं,
वो लिख के खतों को छुपाने लगी है,

गुस्ताखियों की बुलन्दी तो देखो
इशारों से महफिल में बुलाने लगी है
कोई दिल की हसरत सताने लगी है
नशे में भी लज्जत आने लगी है।।

तुम्हें देखूँ, तो पलकें झुकती हैं मेरी,
झुकती पलकों का ख्वाब, तुम

हजारों बात होठों पर खिलती हुई
और खामोशी से रुकी एक बात, तुम

सिलसिला रवाना है धड़कनों का सीने में,
और हर धड़कन में शामिल सिर्फ तुम

गीत, गजल, शायरी मेरी, और
हर लफ्ज का एहसास–तुम–सिर्फ तुम

दिल को सुहाता है जो, वो साज तुम
मैं गुनती हूँ जिसको, वो राग तुम

मेरा अंदाज तुम, मेरा महताब तुम
मेरी मुहब्बत का आगाज तुम, अंजाम तुम

रखा है पोशीदा जो खाकदां[1] से, वो राज तुम,
चूड़ी की खनक तुम, पायल की झनकार तुम,

जिस्म से रूह तक, तुम
सिर्फ तुम।।

1. दुनिया

मसरूफियात तो बहुत है मुझे, दुनियाँ के वास्ते
पर तुम संग मैं अपनी, फुरसतें बाँटना चाहती हूँ,

यूँ तो हूँ जहीन बहुत, मगर दुनिया के वास्ते,
पर तुम संग मैं अपनी, नादानियाँ बांटना चाहती हूँ,

हँसता हुआ फरेबी चेहरा, दुनिया के वास्ते,
पर तुम संग मैं अपनी, बावफा उदासियाँ बाँटना चाहती हूँ,

यूँ तो नींद आ ही जाती है, इस सबके बगैर भी
पर तुम संग मैं अपनी, सुकूँ भरी रातों का रतजगा चाहती हूँ,

जवानी तो फिर भी कट जाएगी, हुस्न के सौदाइयों के बीच,
पर मैं उम्र के उस मुश्किल दौर में तेरा साझा चाहती हूँ।

उधार के एहसासों पे नहीं चलती कलम मेरी साहिब,
जो भुगत बैठे हैं, वही लिख रहे हैं,

गहरी निःश्वासों से खला[1] में ताकना,
कुछ ऐसी खामोशी से अपनी, बेबसी बयाँ कर रहे हैं,

हर एहसास को बा–लफ्ज कर सकूँ, नहीं ये हुनर मुझमें,
बेहिसाब, बेबस ख्याल, चुपचाप भीतर सिसक रहे हैं,

हजार कर्ज मुहब्बत के अभी और बाकी है मुझ पर,
मिसरा–मिसरा लिख रहे हैं, किश्त–किश्त अदा कर रहे हैं,

हौसलें बुलन्द हैं मुझमें कुछ इस तरह गमे रोजगार[2] से लड़ने के,
कि हँसते–हँसते जिए जा रहे हैं, हँसते–हँसते गुजर कर रहे हैं।।

1. शून्य, 2. सांसारिक दुःख

मैं पनाहों में हूँ अपने तबीब[1] की,
जहर दे, कि दवा दे, अब उसकी मर्जी

उलझे ही रहना चाहते हैं, हम तेरी मुहब्बत के पेचोखम[2] में,
कैद दे कि अब रिहाई दे, तेरी मर्जी

लाख हिदायतें थीं मुझ पर कि किनारा कर लूँ
दास्ताने शौक[3] से,
मैं फिर भी कु–ए–हबीब[4] के चक्कर में हूँ,
खुदा की मर्जी

सहमी सी ख्वाहिशें उड़ना चाहती हैं, फलक ए बुलन्दी तक,
उड़ने दे अब कि न उड़ने दे
सैयाद की मर्जी

बेदार[5] के इन्तिरार[6] में चश्मे चिराग जलाये तो हर सूँ
अब रोशन रहें कि स्याह हो जाए
हवाओं की मर्जी

गजब सूरतगिरी[7] का फन है उस गफलत–शिआर के हाथों में
क्या रंग भरेगा वो, मेरी जुंबिशों[8] में
मुस्व्वर[9] की मर्जी।।

1. वैध, 2. घुमाव–फिराव, 3. प्रेमकथा, 4. यार की गली, 5. सौभाग्य, 6.व्याकुलता, 7. चित्रकारी, 8. पलकों की हरकत, 9. चित्रकार

बाद मुद्दतों के आज, इस दिल की जमीं पर,
फिर कोई हरा पौधा नजर आया है,
कि बाद मुद्दतों के आज, घुमड़ कर इन आँखों में
सावन लहराया है,

बाद मुद्दतों के जो आज, उसने छुआ मुझको
लगा जैसे, किसी बेरौनक संग पर
किसी जिन्दान[1] का तराशा, बूटा उभर आया है,

बाद जाने के उसके, जो देखा खुद को आईने मुं,
तो जैसे कोई मुजस्मा[2] हुआ,
खुद को नहीं, आइने में भी बस उसको पाया है,

दिल कैद है अब भी, उसके गिरफ्त ए बाजुओं में
कि इश्क वो आजार[3] है, जिसका मुदावा[4],
आज तक न कोई ढूँढ पाया है।।

1. कारीगर, 2. जादू, 3. रोग, 4. इलाज

याद तो तुम अब भी आते हो मुझे, पर गाहे–बगाहे,
पुराने दर्द से डसती टीस की तरह,
अब भी खो जाती हूँ अक्सर, तेरी यादों में,
और बाहर आती हूँ, दर्दे लश्कर के साथ,
थके–हारे तवंगर[1] की तरह

हर वो पल जिसमें बेहिसाब जिया करते थे हम दोनों
अब जीने नहीं देता मुझे, तो क्यूँ न बेहतर हो
कि पुरजोर तुझे भूल जाऊँ मैं,

कब तक जिऊँ, इस खलिश के साथ,
कब तक उठाऊँ अपने ही कंधों पे,
खुद अपने ही अरमानों का जनाजा,
तो क्यूँ न बेहतर हो, कि पुरजोर
अब तेरे गम से भी, बेवफा हो जाऊँ मैं,

क्यूँ कर करूँ मैं और इंतजार तेरा,
कि जबकि, तुझे खबर भी नहीं,
कि किस हद तक तेरी अब भी तलबगार हूँ मैं,
कि जबकि तुझे खबर ही नहीं,
कि अब तक मेरी खल्वतें,[2] तेरे गम से गुलनार हैं

खुद की तन्हाइयों से घबराकर,
तेरे सजदे में चले तो आये थे, हम
पर क्या खबर थी
कि इन तेरी बेवफा महफिलों से,
और भी तन्हा हो जाएंगे हम

क्या खबर थी कि कुछ शजर कभी
आबाद ही नहीं होते,
बेहिसाब सवालों के साथ,
मुझे तन्हा छोड़ गये तुम कि
जिनके जबाब सिर्फ तुम थे

तो क्यूँ न बेहतर हो,
कि पुरजोर, अब तन्हा ही हो जाऊँ मैं,
ये बेसूद उम्मीद, तेरे लौट आने की, किसलिए
क्यूँ इसे भी ढोती रहूँ, ताउम्र
कि जबकि तुझे आना भी नहीं है,

न कोई उम्मीद न कोई सवाल,
न इंतजार, न शिकायत, न अदावत
न चाहत, न तेरा गम, कुछ नहीं
रखना अब साथ मुझे,
सिवा इस खलिश के, जो नहीं छोड़ती साथ मेरा

गर अब इस पर भी मैं बेवफा हूँ
तो बेवफा सही,
बस मैं, मेरी तन्हाई और इश्क की खलिश
ताउम्र का साथ है हमारा चलता ही रहेगा।।

1. अमीर 2. अकेलापन

आज आये वो बाद मुद्दतों के
तो बड़े इत्मिनान से कहते हैं, कि
माफ कर दो मुझे, भूल जाओ सब
गिले–शिकवे, चलो आओ फिर एक हो जाए,
फिर एक नई शुरूआत करते हैं,

पर कैसे? क्या इतना आसान है वो सब भुला देना?
एक पल में, वो सारा दर्द भुला दूँ?
कैसे? इतना आसान है क्या?
और गर है, तो क्यूँ न भुला पाई मैं
तुमको अब तक?

तो क्यूँ मुद्दतों के बाद भी, तुम आज भी मेरे
जेहन में ताजा हो, हरसिंगार के फूलों की तरह,
भूल जाऊँ? पर कैसे? कैसे भूल जाऊँ मैं, वो इंतजार
इन आंखों का
जो अब तक नहीं निकला इनसे,

कि जबकि, अब तो तुम सामने हो मेरे,
कैसे भूल जाऊँ, रात भर की उन
बेचैन करवटों को, कि जिनमें
हर करवट तुम मुस्कराते थे
पलाश के फूलों की तरह
झुककर, चूम लेते
मेरे लबों को, मेरे ख्यालों में,

और फिर बह उठता, एक खारी गरम,
सुलगता दरिया मेरी आँखों से
झुलसाता हुआ मुझे भूल जाऊँ उन कहर बरपाती रातों को?
माफ कर दूँ, पर कैसे?

कैसे भूल जाऊँ, उन एहसासों को, जो
तड़पाया करे हैं, रात भर तेरी जुदाई में,
कैसे भूल जाऊँ, बल्ब के उस मद्धिम प्रकाश को
कि जिसकी छाया में, दीवारों पे उकेरती रही
तेरे मेरे मिलन के प्रतिबिंब को, और मीड़[1] आँखों को
बिगाड़ देती, दूसरे ही पल में,
कैसे भूल जाऊँ? उन भीगी रातों को,
जिनमें तेरा एहसास, बादल बन
मेरे तन–मन को भिगोया करता था,

कैसे भूल जाऊँ, कि किस तरह तेरी बेपरवाही ने
मेरी खिलखिलाती नज्मों को
अश्कों से भीगा मसान[2] कर दिया
और इस पर भी अगर, मैं माफ कर दूँ तुझे,
तो क्या जवाब दूँगी, मैं अपनी उन रातों को?
जो मुद्दतों सुलगा करी हैं, मेरे साथ,
क्या जवाब दूँगी उन लफ्जों की घुटन को,
जो दफन हो गये, मेरी बेबसी से
मेरे होठों के भीतर, घुटघुटा कर

अब जो आये हो मुद्दतों बाद फुरसतों में,
तो कहते हो कि, माफ कर दूँ तुम्हें
पर कैसे? तुम्ही कहो, कैसे? कैसे मैं,
तेरे गम से बेवफा हो जाऊँ
कैसे?

जिसे बरसों पाला है मैंने सीने से लगाकर
आज जुदा कर दूँ? एक पल में,
तेरा क्या भरोसा, बड़ी बेवफा फितरत है तेरी
तो क्यूँ तेरी खातिर, मैं अपने बावफा
गम से जुदा हो जाऊँ?

नहीं, तेरे जैसी बेवफा फितरत नहीं है मेरी, मेरे साहिब
पहले तेरी मुहब्बत से निभाया,
अब तेरे गम से निभायेंगे,
किसी रिवाजे मुहब्बत से एतराज नहीं मुझे,
हर रिवाजे मुहब्बत को
शिद्दत से निभायेंगे,

बस अब तुझे माफ कर पाना
मेरे बस की बात नहीं, तुम्हीं बताओ
कैसे?
कैसे भूल जाऊँ सब
कैसे माफ कर दूँ?
आखिर कैसे?

मेरे जानिब[1] जो तेरी निगाहें करम हो जाए,
दो पल को सही, कुछ तो सुकूँ, रूह को हो जाए।।

जरोसीम[2] सी आरजुएँ मेरी, हिरासां[3] हैं, मुद्दतों से,
हो कोई मुजस्मा, तो गमे जीस्त[4] से निजात हो जाए।।

मैं तशहीर[5] लिए फिरती हूँ, हाथों में मुहब्बत की,
कि कब अल्ताफ[6]–ए–मुहब्बत हो, और मसर्रत[7] हो जाए।।

गर इतना ही एतराज है, उसे मेरे तक्कलुम[8] से,
तो बेहतर है कि अब गुफ्तगूँ, खामोश हो जाए।।

हर कोशिश मेरी, जख्मखुर्दा[9] है, यूँ बार–बार की पैमाइश से
चलो फिर ठीक है कि अब हर बात, मेहरबाँ ए मकसूम[10] हो जाए।।

बेशक नागवार है, इश्क को, हर अकायद[11] जमाने की,
पर कहाँ मुमकिन है कि दिल, दुनियाँ में तवाजुन[12] हो जाए।।

इश्क में इबादतें और सब्र–ए–तहजीब तो अब लापता सी है,
बड़ा मुश्किल है अब फिर कोई मीरा, फिर कोई घनश्याम हो जाए।।

1. ओर, तरफ, 2. सोना चाँदी, 3.भयभीत, परेशां, 4. जिंदगी के गम
5. इश्तिहार, विज्ञापन, 6.कृपा, 7. आनन्द, सुख, 8. बातचीत का ढंग
9. घायल, 10. भाग्य, 11. मान्यताऐं, 12. संतुलन

कलम हाथ में ले बैठे, एक औहाम[1] के चलते,
कि लिख सके मसर्रत[2], हर्फे मुहब्बत का,
पर कोई सिरा ही नहीं मिलता,
जो पकड़ सके, इसकी इब्दता को
छू सके इसके आगाज को
कोई जरिया नहीं, कोई वाजिब वजह भी नहीं
जो साबित कर सके, इसकी जरकारी[3] को
लाख हिदायतें, हजार पाबन्दियाँ बेशुमार परहेज भी
न रोक पाये इस आजार को, पेशकदमी[4] को,

कोई तबीब[5] नहीं इसका, सिवा दीदार–ए–यार के,
मिलना–बिछड़ना, तो महज सिलसिले हैं, जिस्मों के

मुहब्बत तो वो हसीन एहसास है,
जिसमें किसी पैकर–ए–महसूस[6] की रवायत ही नहीं,
लुत्फ ही लुत्फ, खल्वत ही खल्वत
कोई शाहिद[7] भी नहीं, सिवा उस परवर दिगार के

हयात–ए–शफक[8] में एक बार, तनवीरे मुहब्बत[9] में,
नहा के तो देखो जान जाओगे
कि अजल[10] से चली आ रही ये कयामत
कमाल की फुंसूकार[11] है,
बेहिसाब तर्के तअल्लुक[12] भी, दास्ताने शौक[13] को
कम होने नहीं देते,

तवील[14] सा इंतजार, सरकश[15] ख्वाहिशें, पायमाल रग्बतें[16],
भी इश्क की रानाई[17] को मिटा नहीं पाते
फिर भी न जाने क्यूँ किस मस्लहत[18] के चलते
अदीब[19] तकमीले–राहे–इश्क[20] की बातें करते हैं

अरे रूह–आफजा[21] है मुहब्बत, चलने दो ये सिलसिले,
पनपने दो ये हसरतें, रवाना होने दो ये कारवाँ मुहब्बत का
बिना किसी अंजाम की ख्वाहिश के रिफआतों[22] पे है,
वसअत[23] इसकी, महकने दो, सँवरने दो।।

1. भ्रम ग्रस्त, 2. आनन्द, 3. स्वर्णिम, 4. पहल, 5. हकीम, वैद्य, 6. गवाह, 7. जिसे देखा जा सके, छुआ जा सके, 8. जिन्दगी की सुबह, 9. मुहब्बत की रोशनी, 10. अनादिकाल, 11. जादूभरी, 12. प्रणय विच्छेद, 13. प्रेमकथा, 14. लम्बा, 15. विद्रोही, 16. कुचली हुई रूचि / शौक, 17. लावण्यता, सौन्दर्य, 18. समझदारी, 19. विद्वान, 20. प्यार की राह का अंत, 21. प्राणवर्धक, 22. उँचाइयों पे, 23. विशालता

जिंदगी गुलनार हुई थी कभी साथ तेरे
गुलाबों की तरह,
जिंदगी उजाड़ हुई है आज, बिन तेरे,
सूखे खारजारों[1] की तरह

दिल बुलन्दियों पे था, उफक[2] की
ऊँचे चनारों की तरह,
गमजदा मुरादों से लबालब है दिल
अब मजारों की तरह

भरी आँखें लिये फिरते हैं खाकदां[3] में
दीवानों की तरह,
शमा खुद खाक हुई, अपनी ही आग से,
जलते हुए परवानों की तरह,

जख्म रिसता ही रह कलम से,
रफ्ता रफ्ता नासूरों की तरह,
रात भर बिस्तर सुलगता रहा,
सुलगते हुए शरारों की तरह।।

1. जंगल 2. क्षितिज 3. दुनिया

जब नामुमकिन हो, इश्क को निभा पाना,
बड़ा बेहतर है, साफ मुकर जाना,

पलकें तब ही से भारी रहने लगी,
जब से होने लगा, तेरा ख्वाबों में आना,

बड़ी काफिर हैं जवां दिलों की धड़कन
बड़ा मुश्किल है इनपे काबू पाना

सहरा सा फैला रहा, जिनमें बरसों,
क्या खूब हुआ उन आँखों का बरस जाना,

जिंदगी यूँ भी रवाना होती रही,
बस कयामत हुआ, कुछ पल का ठहर जाना,

बड़ी राहत का सफर था, संगदिल बनना
बड़ा मुश्किल हुआ, मोम सा पिघल जाना
जब नामुमकिन हो, इश्क को निभा पाना।।

कैफियत–ए–खुदाई, नजीर–ए–इश्क,
बयाँ करते–करते, जुबाँ खुश्क हो चली है,
क्यूँ न अब कुछ खामोशियाँ दरम्याँ कर दी जाए,

गर छेड़े तराने गुफ्तगूँ, तो कुछ ऐसे हो,
जो बढ़ती हुई बेताबियों को
और बेताब कर जाए।।

कुछ एहसास अल्फाजों के मोहताज होते हैं,
जैसे–
इत्र में भीगे खत का सुरूर
चाँदनी रात में ताजमहल
पहली बारिश में उठती सोंधी सी महक
किसी मासूम की हंसी
किसी के तस्सवुर महज से
रफ्तार लेती दिल की धड़कन
जैसे.......

ये आरजू थी मेरी कि तुझे और रूबरू करते,
हम तुझसे कुछ और बेताब गुफ्तगूँ करते,
कोई शर्म नहीं मुझे, खुद कहने में,
क्यों जिक्र–ए–मुहब्बत, गैरे जुबाँ करते,
हो जाए गुम तलाश–ए–सुकून में,
कुछ इस कदर पार,
हदे जुस्तजूँ करते।।

कुछ तो फुसूँ[1] है तेरी बातों में,
क्यूँ उन्हें सहेजने को जी करता है,
कुछ अजीब लगाव है, तेरे वजूद से,
क्यूँ इसे मुहब्बत कहने को जी करता है,
मुकम्मल अफसाने तो अक्सर रूला जाते हैं दिलों को,
बस इस कर तुझे अधूरा रखने को जी करता है।।

1. जादू

इश्क को एक खता कह,
अक्सर साफ दामन बचा के निकल जाते हैं लोग
बड़े अजीब फलसफे है जिंदगी के
बहुत खुशी हो तो, अक्सर रो देते हैं लोग,
बेहिसाब गम हो जब, तो
अक्सर कहकहे लगाते हैं लोग

झुकी हुई नजर मेरी और तुम
लग्जिशे जुबां की और तुम

जुंबिशे[1] लबों की और तुम
बेहिसाब गुफ्तगूं और तुम

उस पर ये खामोशियाँ और तुम
अधखिली सी हसरतें और तुम

बस इतना सा है, ये फसाना इश्क का
मीलों के ये फासले
और तुम।।

1. हरकत/गति

सिर्फ जुबाँ से नहीं होतीं दिल की बातें,
आँखें, आहें, करवटें, बिस्तर की सलवटें,
दिल जलाती बेचैनियाँ,
बेहिसाब चीखती खामोशियाँ भी
बहुत कुछ कहती है,
बस कोई समझे जरा।।

पत्थर दिल भी होता वो, तो गनीमत होती,
कोई मीठा झरना प्यार का, तो उसमें भी बहता,

कोई फूल चाहत का, तो उस पर भी खिलता,
लिखी हुई इबारतें, यूँ ही तो न मिट जाती,

पर उसके सीने में तो महज औजार निकला,
जिस्म को जिलाने का,
पत्थर जैसा दिल भी, उस बदनसीब को
हासिल न हुआ।।

वो बात जो तेरे होठों पे रूकी है मुद्दतों से,
वो बात जो तुम कब से कहना चाहते हो मुझसे,
और कह भी नहीं पाते,

वो बात, तेरे दिल की, जो अब धड़कती है मुझमें भी
वो बात, जो बहुत कुछ बदल दे, हम दोनों के दरम्यां
चलो, फिर छोड़ो, अधूरा ही रहने दो उसे,

कि हम दोनों पूरे हो रहे हैं, कहीं न कहीं,
उस अधूरी बात में।।

सर्द रात दिसम्बर की, कोहरे से भरी,
धुंधला सा चाँद बहुत दूर अपनी जमीं से,
दोनों बेताब, एक दूजे के बेहद तलबगार
उफक[1] तक जाते हैं मिलने के लिए,
हे...देखो न कितना कुछ है इस रात में,
तेरी–मेरी मुहब्बत के जैसा।।

कुछ नहीं अब तेरे मेरे दरम्याँ
सिवा दुपट्टे पे रही गयी, उन सलवटों के
जो अक्सर तुम लपेट लिया करते थे
अपनी उंगलियों पर
मुझे खुद के और करीब लाने की ख्वाहिश में।

सब हैं फिर क्यूँ एक कमी सी है,
मुस्करा भी रही हूँ मैं, और आँखों में एक
नमी सी भी है,
अनजाने से डर, अक्सर डरा देते हैं मुझे,
तुझे खो न दूँ कहीं, एक गमी सी है।।

दबी–दबी सी एक बात होंठों पे
उधर भी है और इधर भी

सुलगती हुई तड़प दिल में
उधर भी है और इधर भी

बहुत हुआ ये बंदिशों का खेल साहिब,
एक हो जाने की बेकरारी
उधर भी है और इधर भी।।

मुझे कहाँ एतराज तेरे किसी शौक से है साहिब
जो गुनगुनाना चाहे तू, तो गजल बन जाऊँ
हो गर ख्वाहिश बेखुदी की, तो मयखाना बन जाऊँ

है सोज गर कोई, तेरी रूह के दरम्याँ
तो जम के बरसू, बादल बन जाऊँ

जो चुभ रहे हों कांटे राह के, तेरी हसीन पांवों में
कदमों तले बिछ जाऊँ, चमनजार बन जाऊँ।।

बारह बार याद आती है,
वो साल बारह की बातें,
हम बेकार गफलत में रहे,
कि तुम भूल गये, वो साल बारह की बातें
मेरे महज इशारे पे, सिलसिले बार दोहरायी तुमने
फिर वो साल बारह की बातें,
गर्दे वक्त न ढांप पाई जिसे,
इस कदर शफ्फाक[1] है वो,
साल बारह की बातें।।

1. निर्मल/शुद्ध

आतिशे मुहब्बत में तुझसे दूरियों का सोज
है कुछ ऐसे–
चिलचिलाती धूप में, संगमरमर का फर्श हो जैसे

मेरी नज्म पे सबसे पहले, तेरी नजर है ऐसे
मेहनत से सींचे किसी पौधे पे, पहला फूल हो जैसे।

सफर ए हयात के उतार चढ़ाव में, तू मुझे जरूरी है ऐसे
ठाकुर जी की भोग की थाली में, तुलसी का पत्ता हो जैसे।।

जागी हुई सी एक अलसायी रात, उधर भी है,
चंद ख्वाब लट बिखराये हुए, इधर भी हैं,

दूरियों से सुलगती, एक खलिश, उधर भी है,
अरमानों से उठता एक धुआँ, इधर भी है,

तनवीरें[1] कभी तो मेहरबाँ होगी मुहब्बत की,
ये इमकान[2] इधर भी है।।

1. रौशनी 2. उम्मीद

ये तेरी मेरी मुलाकातें, क्या खूब महफिल सजाती हैं,
मुझमें मुस्कराती हैं कभी, तो
कभी तुझमें खनखनाती हैं,
तेरे दिलनशीं बोल, अश्आर बनते हैं, मुहब्बत के
मेरी खामोशियाँ जैसे, दिल फरेब गजल बन जाती हैं,

मेरी झुकती नजरें, तेरे गुस्ताख इरादों की,
हौसला–अफजाई हो जैसे,
बेतहाशा तेरी अनकही बातें,
कोई मधुर गीत बन जाती है।।

तेरा गम
तेरी फुरकत
तेरा प्यार
तेरा ख्याल
तेरी कुर्बत
तेरी गुरबत... बस हासिल रहे मुझे
फिर क्या है?
जो रोके मेरी कलम की रवानगी को।।

खुद अपने ही कत्ल की साजिश कर रहे हैं वो,
आहिस्ता–आहिस्ता
कि हो रहे हैं किसी हसीं ख्वाब के मुरीद
आहिस्ता–आहिस्ता
खूब खबर है कि राहें मुहब्बत किसी को
बख्शती नहीं मगर
बढ़ाये भी जा रहे हैं वो कदम
आहिस्ता–आहिस्ता।।

बाद मुद्दतों के जो तुम मिले, तो तबियत में
थोड़ा आराम आया,
बिन तेरे बड़ी थकी–थकी सी थी मैं, तू आया तो
दिल को सुकूँ आया,
बिखरा–बिखरा सा था सब मेरा इधर–उधर
तेरे जलवा–ए–दीदार से, हर चीज ने मुकम्मल मुकाम पाया।।

मीर गालिब कोई दिल फरेब शायर
मैं न तो न सही
नहीं मेरे लफ्जों में वो कैफियत माना
पर दर्द की शिद्दत तो मेरी भी कम नहीं
यूँ लफ्जों से न तय करो, मेयार[1] एहसासों का
हो कोई बेजुबां, तो क्या उसको दर्द नहीं।।

कोई नहीं है फिर ये कौन मेरे आस–पास है
क्या कमी है, जिसके लिए दिल उदास है,
कैसे फैला दूँ, बिस्तर की सिलवटों को,
कि जिसमें अब तक लिपटा–किसी का,
महका–महका सा एहसास है।।

सफर ए इश्क भी साहिब, बड़ा अजीब होता है,
वो और गुस्ताख होता है, जब मैं शरमा के
धत्त कहती हूँ,
मैं और गुलनार होती हूँ, जब वो हँस के
पगली कहता है।।

आज फिर हाथों में मेंहदी सजाई है,
कि आज फिर तेरा, मुझे मेंहदी कहना
याद आया है,
नाम तो मेंहदी का होगा साहिब,
पर इसपे जमाल, तेरी यादों से आया है।।

क्यूँ उलझते हो तुम मेरे लफ्जों से साहिब
ये तो यूँ ही बरगलाते हैं, हमेशा से
जुदा ही रहे हैं सदा, मेरे अंदाजों से
आईना टूट भी जाए तो क्या
शक्लें तो फिर भी सलामत रहती हैं
कुछ ऐसा ही मसला है
मेरे लफ्जों और मेरे अंदाजों का।।

बड़े उसूल पाबन्द हुआ करते थे,
हम कभी
बाद मुहब्बत के, किसी बंदिश में रग्बत[1] न रही
सरकश हो गयी है अब हर हसरत दिल की
और किसी फुसूँ[2] की, अब हाजत[3] न रही।।

1. रुचि 2. जादू 3. जरुरत

रतजगा है आज शायरों की बस्ती में,
आज फिर जख्में दिन सुनाये जाएँगे
आज फिर तमाशा होगा दिल के जख्मों का
आज फिर दर्द के मिसरों पे सोने के
वर्क चढ़ाये जाएँगे।।

तू जो मेरी राहत का सामान हो जाए,
कुछ तो आराम, मेरी कलम को भी हो जाए,
दिन–रात चलती है, ये तेरी मुहब्बत के बावस्ता,
नंगे पाँव खारजारों में,
मैं दाबूँ पाँव इसके, ये सुकून से सो जाए।।

बहुत दिल जलता है यूँ बार–बार का
तुझसे बेसबब मुखातिब होना
उस पे ये बेबसी कि तुझे पुरजोर
बेदखल भी नहीं कर पाती
मैं अपने दिल की सल्तनत से।।

तुझसे दूरियों का असर है, कुछ इस तरह मुझ पर
कि स्याह फैला है दूर तक
गमे हयात में,
और चाँद डूबा नहीं इस रात में
मुद्दतों से।।

बेदम हो जमीन पर बिखरी पड़ी,
कोई नाजुक बेल,
किसी मजबूत दरख्त के सहारे
ज्यों बुलन्दी को छू ले,
ऐसे तेरे साये से लिपट जाने को
जी चाहता है।।

गर फिक्र को धुएँ में उड़ा देना
इतना आसान होता, तो ए सिगरेट
हम भी तेरे मुरीद होते
मुद्दतों से फिक्रमन्द हैं हम भी,
एक गफलत–शिआर[1] के।।

1. लापरवाही

तेरे गम की भी धार, अब पहली सी न रही,
रातें कटती ही नहीं, अब इससे मेरी,
और हम बावस्ता तेरे गम के,
एक उम्र काट लेने की बात
किया करते थे।।

हौले–हौले सुलगता, एक अंगार है मुहब्बत
जलाता भी नहीं, मिटाता भी नहीं
बस धुआँ देता है
सीली लकड़ी की तरह,
ताउम्र हौले–हौले।।

सोने के हिरण जैसी लुभाती है, तेरी मुहब्बत मुझे
विचरण करती है रात भर, दिल के आँगन में,
बर्बाद होना तो अब तय है मेरा,
तू हाथ आये तो भी
न आये तो भी।।

जिंदगी के हर फलसफे को
बयाँ करती है, कलम शायरों की,
एक हम हैं, जो तेरे फसाने से
आगे बढ़ते ही नहीं।।

कपूर की मानिंद जलते हैं, मुहब्बत में
बेहिसाब तपिश, धुआँ ही धुआँ
और बाकी कुछ नहीं
राख भी नहीं, चिंगारियाँ भी नहीं
न ही कोई नामोनिशां।।

कजा को भी हमारे जज्बा ए फतह पर रश्क होता है
कि गजब हौसला जीने का, हम औरत जात में होता है
जिंदगी हर पैंतरा आजमाती है हम पर,
कि शिकस्ता हो जाएँ हम,
पर रहमत का हाथ, उस खुदा का हम पर होता है।।

बेहिसाब लज्जत, बेपनाह मौसकी, गजब की रानाई है,
गुफ्तगूँ ए मुहब्बत के इन दो चार लफ्जों में,
उफ्फ्फ्फ्फफ...
हटो भी,
तुम भी न,
सच्ची पूरे पागल हो।।

पलकों की कोरों से बहता,
वो पोशीदा अश्क है तू
चुपके से बहता है जो
रात की तन्हाइयों में
सुकून–ए–दिल के वास्ते।।

क्यूँ धड़कना चाहते हो तुम मुझमें,
सोच लो एक बार फिर,
बेहिसाब घुटन है यहाँ
कहीं तेरा दम भी न घुटने लगे
मेरी तरह।।

इश्क कोई त्यौहार नहीं, जो आज मने कल छूटे,
रूह का जश्न है, मन की हिलोर है, रमता जोगी है इश्क
जब चाहता है, जहाँ चाहता है, जलवे बिखेरता है,
फितरते इश्क, किसी रसूखदार की
गुलाम नहीं होती।।

नीर होते तुम तो सहेज लेती तुम्हें कहीं,
पर तुम तो पवन हो, कहाँ कैद होगे
किसी जंजीर में,
तेरे लिए कोई और ही बंधन तलाशना होगा,
तेरी तरह...... अदृश्य सा।।

उफ्फ्फ – फरवरी, मुहब्बत का महीना,
गुलाबी सी सर्दी और माथे पे पसीना,
उफ्फ्फ– फरवरी, महकते गुलाबों का महीना,
उफ्फ्फ – फरवरी, मुरादों का महीना,
उफ्फ्फ – फरवरी, आगाजे मुहब्बत का महीना,
उफ्फ्फ – फरवरी, अंजामे मुहब्बत का महीना।।

इस जहाँ से उस जहाँ तक फैला है
नूर इश्क का
और हमने उसे सिर्फ एक नाम में
समेट रखा है,
और वो है –"तुम"।।

खुशनुमा सा एक चाँद मेरे ख्यालों में,
मुद्दतों से कश्मकश में है,
न डूबता है, न निकलता है
और साथ भी चल रहा है
तखाईल[1] में मेरी मुद्दतों से।।

1. सपना

ज्यों चमकती है बर्फ की चोटियाँ
आफताब के उजाले से
ऐसे ही शफ्फाक[1] होता है हुस्न मेरा
जब तेरी नजर मेरे रुखसार पे गिरती है।।

1. निर्मल/शुद्ध

बेहद करीब आ गई हूँ तेरे,
इस कर दूर जाने से डरती हूँ मैं,
पत्थर न हो जाए कहीं दिल तेरा
इस कर तुझे खुदा कहने से डरती हूँ मैं।।

हजारों शिकायतें, उसकी जुदाई की,
बड़ी बेचैनी से करवटें लेती थी होठों पर,
उसने होठों पर होंठ रख,
हर शिकायत खामोश कर दी।।

बेहिसाब खामोशियाँ भी बड़ा नायाब
जरिया है सरकशी का,
इस इस करके भी अक्सर
खामोश हो जाती हूँ मैं।।

इश्क कोई कारोबार नहीं,
जो मुनाफे की गरज से किया जाए,
खुली चुनौती है, बरबादियों की,
औकात न हो, तो करीब न आना इसके।।

बहुत हुई शिद्दते मुहब्बत की रिवाजे,
कि और कब तक लबों को सी ले हम,
आओ घोल दें कुछ जहर, जामे मुहब्बत में,
कुछ तुम पी लो, कुछ पी लें हम।।

फरवरी का महीना है, जरा एहतियात से रहना,
ये सीने से दिल चुरा लेने का मौसम है,
कब से इंतजार में हैं, दिलजले इसके,
ये आँखों से काजल चुरा लेने का मौसम है।।

बेहिसाब खलिश है, यूँ तो तेरे जाने से
दिले बेताब में
पर ठीक है, शायद ये भी वक्त का कोई
बहुत जरूरी फैसला होगा।।

कुछ तो बंधा होगा नसीबा हमारा,
यूँ ही तो नहीं तू मेरी जिंदगी में आया होगा,
जरोसीम[1] सी किस्मत वाले, वो कोई और ही होंगे,
कि जिसने जिसे सोचा उसे पाया होगा।।

1. सोना–चाँदी

इश्क में भी गर तुझे खुदा चाहिए,
तो ले हम बुते संग हो जाते हैं,
न धड़केगा अब दिल मुझमें,
लो अब हम खुदा हो जाते हैं।।

जुदाई की तपिश, गर तेरी मुहब्बत से बुझे,
तो बात बने साहिब,
गर वक्त के साथ बुझी, तो अंगार बाकी रहेंगे,
सुलगते हुए.... ताउम्र।।

हार जाना तय हो जिसमें, फिर भी खेला जाए,
उस बाजी को इश्क कहते हैं,
तोड़ लाख बन्दिशों को जो हवाओं में बिखर जाए,
उस बादेसबा को मुश्क कहते हैं।।

इस गुलशन, इस आबोहवा से परहेज ही,
अब मुदावा[1] होगा मेरा
पत्ता–पत्ता, बूटा–बूटा, यहाँ तेरी जानलेवा,
खुशबू से महकता है।।

1. इलाज

तेरे ख्वाब सजा आँखों में, सो जाना,
फिर उन्हीं ख्वाबों के बावस्ता, तड़प के जाग जाना,
ए नामुराद इश्क, ये किस हालात में ला के
रख दिया तूने जिन्दगी को।।

महज आवरण बदल लेने भर से
तहरीर–ऐ–तकदीर नहीं सँवरती,
खुशनुमा कल के वास्ते,
भीतर बदलाव भी जरूरी है।।

ऐसे टूटे लफ्जों के पुल,
कि तुम तक पहुँचने का कोई रास्ता नहीं मिलता
यूँ तो साँस लेती हूँ मैं,
पर बाकी कुछ और मुझमें जिंदा नहीं मिलता।।

बड़ी तलब थी मुझे कि इत्र से भीगा एक प्रेमपत्र
मेरे नाम का होता,
पर उसे कभी फुर्सत ही नहीं हुई,
मुझे फुर्सत से सोचने की।।

छोटी सी बात, किसी के लिए,
किसी के लिए वो ख्वाहिश हो जाती है,
जिंदगी है ये,
बस ऐसी ही बातों में फना हो जाती है।।

कैद कर लेगे इश्क को, ख्याल थे रकीबों के
बस ख्याल रह गये,
रूह जा मिली तड़प के रूह से,
पहरे बस खाकसार जिस्मों पे रह गये।।

बड़ा हसीन सफर है मुहब्बत का
न वो कहते हैं न हम,
बड़ा दिलकश इशारा है मुहब्बत का
न वो अनजान हैं न हम।।

क्या टकटकी लगा के देखते हो, तुम जुबिंशे
मेरी पलकों की,
बस भी करो साहिब, वर्ना अपनी बर्बादी के
जिम्मेदार, सिर्फ तुम होगे।।

किताबें सिर्फ वही नहीं होती,
जो मेज पर पड़ी हवा से फड़फड़ाती हैं,
मोटे गद्दे के नीचे लिख के छिपायी डायरी
भी किताब ही होती है।।

बेहिसाब बारिशें दिल के आँगन में
उस पर तेरे तस्सवुर का उजाला,
गजब इन्द्रधनुष बिखरा है, बेसूद हसरतों का
सुलगती दिल की जमीन पर।।

कोई मेयार[1] जरूरी नहीं मुझे,
अब तेरी मुहब्बत के वास्ते,
तेरी बातें अब खुद शाहिद[2] हैं,
तेरी शिद्दतें मुहब्बत की।।

1. कसौटी 2. साक्षी/गवाह

कोई रिश्ता बेमोल नहीं होता,
हर रिश्ते की एक कीमत चुकानी होती है,
हम खो देते हैं उसे,
क्योंकि वो कीमत चुकाने की हमारी औकात नहीं होती।।

दुनिया के दो सबसे खतरनाक हथियार,
एक झुकी हुई नजर,
एक उलझी हुई खामोशी,
बड़े जान लेवा होते हैं।।

न जाने कितनी गजल, कितने कलमे और लिखने हैं,
तेरे इश्क में साहिब
न जाने अभी और कितने कर्ज बाकी हैं,
मुहब्बत के मुझ पर।।

बरछी सी चलती है कलेजे पे
जब अक्लमंदों की फेहरिस्त में आने लगते हैं हम,
क्या खूब जिया करते थे जिंदगी,
जब अल्हड़ हुआ करते थे हम।।

जिन्हें पाँच सितारा इमारतों में मजा मिले,
वो शौक से लें, मुझे तो तेरे साथ पी
उस खोखे की चाय का स्वाद...
कहीं नहीं मिलता।।

उसे सोने की हिदायत दे और खुद रात भर जागते रहे,
इस करवट मुस्कराये, उस करवट तुझे बांचते रहे।
बड़ी हसरत थी उसको, कि मैं कुछ कहूँ उससे
क्या बाकी रह गया, इस सोच में रात काटते रहे।।

मासूमियत का लिबास ओढ़े, न जाने कितने चेहरे
मौजूद है शरीफों की महफिल में,
या खुदा कोई तो हुनर दे मुझको
कि इनको बेनकाब कर दूँ।।

बेकार इश्क के मुकम्मल होने की,
ख्वाहिश करते हैं लोग,
अधूरे चांद की लज्जत से,
शायद वाकिफ नहीं हैं लोग।।

कलम के बावस्ता कत्ल करना है,
किसी बेपरवाह का,
इस कर के अपनी कलम पे
धार रखती हूँ मैं।।

ये तेरी मुहब्बत ही थी साहिब,
जिससे ये दिल भरा–भरा सा रहता था,
मगर अब ऐसा कुछ नहीं यहां,
जिसकी मैं हिफाजत करूँ।।

इश्क में अश्कों का भी कोई ईमान नहीं होता है,
आँख तो तब भी भर आती हैं, जब कोई बेहद करीब होता है
मश्वरा तो दोनों देते हैं, संभल जाने का
और दोनों के ही दिल में, बहकने का अरमान होता है।।

खेल जिंदगी का, रवानगी पर रहा हमेशा,
बचपन खिलौनों से खेला,
जवानी एहसासों से और अब
लफ्जों से खेलना बदस्तूर जारी है।।

दिल तो बहुत करता है कि हर तल्खी छोड़,
जितनी भी मुहब्बत है मुझमें, सब लुटा दूँ तुझपे
पर तेरी बेपरवाहियों का ख्याल
मुझे ऐसा करने नहीं देता।।

हम तुझे हासिल थे, हद दर्जे,
बस इस कर के तुझे खो दिया,
कुछ फासले रहने दिये होते दरम्याँ
तो बेहतर होता।।

इश्क में अभी उसके और सितम बाकी हैं
अभी तो सिर्फ छाले फूटे हैं दिल के,
अभी तो इन पर, उसकी दलीलों के
मरहम बाकी हैं।।

इश्क ने फिर ये कमाल कर दिया
बेहद बढ़ा जब इश्क तो हर हद को पार कर दिया,
लज्जत ए इश्क ने फिर ऐसा असर दिखाया
कि हर गमे खार को फिर गुलनार कर दिया।।

लज्जत ए इश्क के वास्ते,
दीवानगी जरूरी है,
खिरद[1] से भरे लोग तो बस,
रिवाज निभाया करते हैं।।

1. बुद्धि

रूखसती के सफर का आगाज कर चुकी हूँ मैं,
कि हदे इंतजार को अब पार कर चुकी हूँ मैं,
तू तो बेखबर था, बेखबर ही रहेगा साहिब,
कि लिबासे उम्मीद को अब तार–तार कर चुकी हूँ मैं।।

तिनका–तिनका बिखेर देता है मुझे,
सैलाब तेरी यादों का,
मोहमल[1] है मेरा सोचना,
कि अब तू हिस्सा नहीं मेरी जिंदगी का।।

1. व्यर्थ

चाय, कॉफी से शुरू हुए हसीन सिलसिले,
अक्सर सिगरेट, शराब, आँसू, तन्हाई
और सीली तहरीरों पे जा के
मुकम्मल होते हैं अक्सर।।

जिंदगी इस कदर बेसूद लगने लगी,
तेरी मुहब्बत के बिना,
ज्यों किसी साहूकार ने, कर्ज दे दिया किसान को,
किसी सूद के बिना।।

बढ़ती ही जाती है लज्जत जिंदगी की,
जितनी इसमें मुहब्बत मिलायी जाती है,
गजब लुत्फ देती है वो शराब,
जो बेकरार लबों से पिलायी जाती है।।

हर दिल एक ताजमहल हो जैसे,
अनगिनत ख्वाब, बेतहाशा ख्वाहिशें
दफन सो रही हो जिसमें
दो बेचैन रूहों की तरह।।

एक अधूरा खत लिए दिल की दहलीज पर,
कब से बैठी हूँ मैं,
आगाज में 'सिर्फ मेरे' लिखा, अंजाम में
'सिर्फ तुम्हारी' लिखना चाहती हूँ मैं।।

तेरी गफलत शिआरी[1] भी मेरा
दास्ताने शौक कम न कर सकी
हम आज भी मंजिल की तलाश में हैं,
शाख से टूट चुके गुलाबों की तरह।।

1. फितरत

गहरे हो जख्म जब रूह तक,
तो आह दिल से निकलती है,
जिस्म के जख्मों पे ग़ज़लें
नहीं लिखी जाती जनाब।।

इश्क इस कर के भी मुकम्मल नहीं हुआ
हमारा शायद
कि रोजों के रोज भी बेशुमार अश्क
पीते रहे हैं हम।।

वो हर पल साथ हुआ करता था मेरे,
मुहब्बत की तरह,
वो आज भी साथ है मेरे, मगर
अफसोसों की तरह।।

खुशबू उठती नहीं अब मेरे नाम के
जेरोजबर[1] से साहिब
कि अब इन्हें तेरे होंठों की रफाकत[2] जो
मयस्सर नहीं।।

1.अक्षरो का छोटा बड़ा आकार 2. साथ या सोहबत

है शिकायत उनको कि शोले से लपकते हैं,
अब अल्फाज़[1] में मेरे,
नादां वो नहीं जानते कि ये सुलगती रातों,
और भीगी आँखों का असर नुमाया हो रहा है।

बेहिसाब दिलचस्पियों का सफर है ये
तेरी मेरी मुहब्बत साहिब
खामोश सी, बर्बाद सी, घुटती हुई, मगर फिर भी,
दिलों में आबाद सी।।

हसरतें सुलगतीं हैं कुछ इस कदर मुझमें,
कि खुद के वजूद से उठता धुआँ बन गयी हूँ मैं,
कि चुभने लगी हूँ अक्सर जोर से,
अपनी भी आँखों में मैं।।

तेरी मुहब्बत, तेरी रफाकत[1] मेरा मकसूम[2] न, तो न सही
इश्क फिर भी रवाना है मुझमें, मुद्दतों से,
हर काविश[3] बेसूद है मुझे, तुझे भुलाने की,
दिल फिर भी इंतजार में है, किसी एजाज[4] के, मुद्दतों से।।

1. साथ, 2. भाग्य/नसीब, 3. कोशिश, 4. चमत्कार

इश्क की मौसकी चाहिए,
तो इसे अधूरा ही रहने दो
बड़ा बदसूरत हो जाता है इश्क,
अक्सर पूरा हो जाने के बाद।।

बहुत लुभाता है वो नग्मा,
जो सुना –सुना सा हो
बड़ा बेनूर हो जाता है वही गीत
अक्सर याद हो जाने के बाद।।

चिराग इश्क के, हवा खिलाफत की, बुझ गये,
तो हम क्या करें
ख्वाब काँच के, आँखें नाजुक सी, चुभ गये
तो हम क्या करें।।

वही तुम, वही सितम, वही तल्खियाँ,
वही गफलतों का आलम साहिब
फिर क्या है तुझमें ऐसा? जो हर पल तू मुझे
नया सा लगता है।।

एक दौर था, वो तेरा इश्क, जो गुजर गया
अब किस बात पे बहस
अब किस बात पे शिकवा
चलो छोड़ो, जाने भी दो।।

तू मेरी मुस्कराहटों से भी बेखबर है,
मुद्दतों से
हम तेरी तल्खियों के भी फिक्रमंद हैं,
अब तलक।।

बहुत बेहतर है कि सफर ए हयात में
कान खुले और जुबाँ खामोश कर ली जाए
कि यहाँ कहने वाले ज्यादा और सुनने वाले
अक्सर कम ही मिलते हैं।।

रात भर की सिसकियाँ, कब असर करती हैं,
किसी गफलत शिआर[1] पर
हर शख्स जी रहा है यहाँ, बस खुद के
सुकूँ की खातिर।।

1. लापरवाह

नस्लें नूँ बर्बाद करने पर आमादा हैं,
न जाने कितनी नफरतें
पर नूरे मुहब्बत, इनके नापाक मन्सूबे
कामयाब होने नहीं देता।।

मत बना मुझे खुदा,
न कर मेरी इबादत साहिब
मैं इंसान हूँ, जीते–जागते अरमानों का,
मेरे करीब आ तू, तो बेहतर होगा।।

बचपन से सुनते आये हैं कि
लिख–लिख के पढ़ने से याद अच्छा होता है
शायद इस करके भी अब
तुझे भूल नहीं पा रहे हैं हम।।

बेहिसाब सुलगती हैं हसरतें मेरे दिल की
दिन–रात भी मेरे, जैसे सुलगते अंगार हो
इश्क ने बदल दी, सूरत ए जिंदगी मेरी
अब जिन्दगी, जिन्दगी नहीं मानों हसरते मजार हो।।

खामोश लफ्जों की एक मुकम्मल किताब हूँ मैं,
जो पढ़ सको मुझे, तो बेहिसाब हूँ मैं,
मुझको मेरे श्यामल[1] जलवों से कमतर न आँकना,
हजारों सितारों में, एक चमकता माहताब हूँ मैं।।

मुद्दतों रही हूँ मैं दर्द के हुजूम में साहिब
अब मुस्करा दूँ अगर कभी तो, सबको हैरत होती है
बड़ा मुश्किल है यहाँ, दिलों की तहरीर[1] को पढ़ पाना
कहाँ दिलों में यहाँ किसी के वहदत[2] होती है।।

1. निष्पक्षता, 2. लिखावट

छेड़ फसाना दिल का, गैर की महफिल में,
खुद को तमाशा कर लिया,
दर्दे दिल क्या पहले कम था मुझे
जो छेड़ इसे, फिर इजाफा कर लिया।।

कि जितना जानोगे मुझे, उतना मुझमें उलझ जाओगे तुम
दरअसल मैं वो नहीं, जो तुमको दिखाई देती हूँ,
इस असल में पलट है, शख्सियत मेरी
मैं उस शख्सियत से जुदा दिखाई देती हूँ।।

जो कुछ भी होता है आसपास मेरे
वो भी लिख देती हूँ मैं,
इंसान हूँ मैं, औरों का भी दर्द
असर करता है मुझ पर

कजा कह गयी आज मुझसे
जिंदगी वो नहीं, जो तू समझ रही है
ये मेरे आगोश की चीज है
मैं इसे साथ ले जाऊँगी।।

सुलगता हुआ एक तलातुम[1] है
मेरी खामोश आँखों में
खौफ खा इस जलजले से
कहीं तुम्हें ले न डूबे।।

1. तूफान

दरबान बन गयी हैं पलकें मेरी
तेरे ख्वाब सजा लेने के वास्ते
मखमर[1] हैं आँखें, तेरे जलवों की रानाई[2] से
इन्हें ख्वाबीदा[3] ही रहने दो।।

1. नशे में चूर, 2. लावण्यता, 3. सोयी हुई

रात टाँका था, एक हसीन ख्वाब सितारों सा
दुपट्टे के रोशमी किनारे पर
लिबास चमक उठा आज मेरा
गजब नूरे इलाही से।।

जीत कर ही नहीं जीती जाती,
हर जंग गमे जीस्त की,
कई बार हार कर भी,
बहुत कुछ जीत जाते हैं हम।।

गफलत है तेरी मुहब्बत,
गफलत ही रहेगी,
कैद है कि रिहाई है
मैं कश्मकश में हूँ।।

जीत हार की शर्तों से नहीं महकता,
रूतबा मुहब्बत का,
बू–ए–इश्क चाहिए तो शर्तों से परहेज
रखिए जनाब।।

गैर किसी की नजर से नहीं
कोई राब्ता[1] मेरा,
मैं, मेरी नजर से गिर के जिंदा रहूँ
खुदा न करे।।

1. वास्ता या सम्पर्क

पल भर की कमजोरी
तुम्हें रूसवा कर सकती है
बहक जाना या संभल जाना
बस दो लम्हों की बात है।।

जंग लगे दरवाजों को अब
खटखटाना छोड़ दिया हमने
उसने आना छोड़ दिया जब तो,
बुलाना छोड़ दिया हमने।

हर तहरीर इश्क की, अब किताबों में
दर्ज रहेगी
उसने सुनना छोड़ दिया जब से
सुनाना छोड़ दिया हमने।।

ख्वाहिशों का बेहिसाब, बोझ है जिंदगी,
खारजारों[1] में, सुलगता हुआ गुलाब है जिंदगी
रसूखों के भी मन मुताबिक न बन सकीं,
मुफलिसी में दहकता अजाब[2] है जिंदगी।।

1. काँटो से भरा स्थान 2. सजा/यातना

चंद जज्बात मुझे उधार दे दे ए जिंदगी
कि मेरा दिल
अब एहसासों से खाली हो चला है
धीरे–धीरे।।

मुद्दतों तक सुनाते आये हाले दिल दीवारों को
इसी गफलत में,
कि बचपन से सुनते आये थे
कि दीवारों के भी कान होते हैं।।

सुकून और मेरे दिल का
बस इतना फसाना है,
सुकून भी इसे तब ही आना है
जब तुमने आना है।।

सुकून गिरवी पड़ा है उस लापरवाह पर
मुद्दतों से,
गर्दिशे दौर में मुहब्बत उधार ली थी
जिससे कभी।।

बात अच्छी हो किसी की
तो अच्छा लगना लाजिमी है
पर यूँ भी होता है कभी–कभी
कि किसी चेहरे की हर बात अच्छी लगती है।।

तकमीले–राहे–इश्क में, कुछ ऐसे बर्बाद
हो गये हम,
कि अपने हर अरमान की जिंदा मजार
हो गये हम।।

मतलब, जरूरत, जिन्दगी, खुदा,
कोई नाम न दो मुहब्बत को
बेनाम सी शय है ये
इसे बेनाम ही रहने दो।।

क्यूँ जगह दूँ गमे हयात को अपनी
शायरी मैं,
कहीं तो मुझे, मेरी मुहब्बत के
साथ रहने दो।।

थक जाओगे तुम मेरी,
तहरीर–ए–मुहब्बत पढ़ते–पढ़ते
ये किस्सा मेरी मुहब्बत का है साहिब
ताउम्र रवानगी में रहेगा।।

मत करो कोई बहस हमसे
इश्क के फलसफों पे यारो
कि अपनी उम्र से दुगना
इस दर्द को जिया है हमने।।

एक खामोश तहरीर इश्क की मुखातिब है,
होठों पे, दोनों के दरम्याँ,
दोनों कश्मकश में हैं
कि बिसमिल्लाह कौन करे।।

बात उस शख्स की थी,
तो नसीबों पे जा अटकी,
वर्ना तो फलक तक की उड़ानों का
हुनर रखते थे हम।।

यूँ ही मुफ्त में नहीं मिल जाती
शोहरतें जिदंगी में,
जुदा–जुदा कीमते चुकानी पड़ती हैं,
हर बात की यहाँ।।

तरकश में तीर तो मेरे भी कैसे–कैसे थे,
मगर, बात जब मुहब्बत की चली
तो सरकश होने से बेहतर,
हार जाना लगा मुझे।।

क्या गिला जमाने से
जो मतलब परस्तों के हुजूम में हूँ
यहाँ तो खुदा को भी बहा दिया जाता है,
पूज लेने के बाद।।

बेहद आवारा, बिल्कुल चाँद की तरह
हो गया है तस्सवुर तेरा,
कभी इस बादल के पीछे, कभी उस बादल के पीछे,
सफर करता है रात भर तन्हाइयों में।।

दर्द दिल में पालो कोई बेइंतहा,
कलम अंजाम तक न पहुँचे तो कहना,
न हो कुछ तो दिल लगा लो किसी माहजबीं से,
हसरतें तुम्हारी आसमां तक न पहुँचे तो कहना।।

एक ख्वाब रात का आँखों में जो
सुबह तक पाला मैंने
तो फिर आज देर हो गयी मुझे,
जिंदगी के वास्ते।।

कुछ फासलों को मिटा पाना, कभी मुमकिन
होता ही नहीं,
उम्र और ओहदे के फासले
मुहब्बत को जीने नहीं देते।।

इश्क की हर तखाईल मुझे ही छू के गुजरे,
कोई जरूरी तो नहीं
हजारों दिल देखे हैं मैंने,
इस रहगुजर पर बर्बाद होते हुए।।

बहुत छोटे–छोटे मिसरों में लिखी है मैंने,
तमाम, बड़ी–बड़ी ख्वाहिशें, अपने दिल की,
अब और इससे ज्यादा
कितना मैं घटाऊँ खुद को।।

इतना आसान भी नहीं होता,
खुद अपनी ही जिन्दगी जी पाना
बहुतों को खटकने लगते हैं हम
जब खुद को जीने लगते हैं हम।।

और तो कुछ नहीं बस इतनी जुगत
लगानी पड़ती है,
छोटी–छोटी खुशियों की कीमत,
अक्सर बड़ी चुकानी पड़ती है।।

संभल–संभल के रखिये कदम राहे मुहब्बत में,
टूटे जो कोई ख्वाब तो पलकों से चुनना पड़ता है
दिल दुनियाँ में तवाजुन नामुमकिन सही,
चरागे इश्क तो फिर भी जलाना पड़ता है।।

मर्सरत ए इश्क चाहिए, तो ये किस्सा
अधूरा ही रहने दो,
बेमजा हो जाता है इश्क, अक्सर मुकम्मल
हो जाने के बाद।।

करवटों और सलवटों का
अलग फसाना है मुहब्बत में,
कुर्बत हो कि गुरबत हो,
दोनों में सफर करती है।।

गर, महज नाम बदल लेने से
हर्फे तकदीर बदल जाते,
तो बाखुदा, आज हमारा नाम भी
खुशनसीबों में शामिल होता।।

बर्फ से भी ज्यादा ठंडा है लहू,
कुछ बुजदिल रगों का,
कुछ हो जाए जहाँ में, पर
उबाल नहीं आता।।

मुकम्मल हो जाती जो, वो दास्ताँ न थी हमारी,
ये माना मैंने
ताउम्र सफर का था ये रिश्ता हमारा
गर सफर में भी रहता, तो गनीमत होती।।

वर्जनाओं की परिधि, यूँ तो बहुत दूर तक
घेरे थी मुझको
कि जिन्दगी खींच रही है, अभी कुछ और
लक्ष्मण–रेखाएँ मेरे चारों तरफ।।

हर ख्वाहिश फना हो जाती है, आखिरी साँस के साथ,
सिवा मुहब्बत के,
ये वो तलब है जो गर बाकी रह जाए,
तो जन्मों तक पीछा नहीं छोड़ती।।

कोई जिद्द नहीं थी दिल की,
कि हम शायरी ही करते,
बस कलम की नोक से,
दिल के घावों पर मरहम रखने का इरादा था।।

ये क्या धोखा हो रहा है मेरे दिल को,
खुद से ही मुखातिब है, और लगता है,
कि तुम सुन रहे हो, मेरी हर बात को।।

मेरी मुहब्बत का बस इतना फसाना है,
एक तेरी बेरूखी
एक मेरी बेकरारी।।

अच्छा है जो मौसमी फितरत है जनाब की
पलट–पलट के आने के रिवाज
निभाते तो रहेंगे।।

जो लिखना जिंदगी की किताब पर,
तो सोच–समझ के
ये वो हर्फ हैं, जो मिटाये नहीं जाते।।

बड़े अजीब रिवाज हैं ये मुहब्बत के साहिब,
तेरी जुदाई करे तो करे
तेरा बहुत करीब आना भी डरा देता है मुझे।।

तुलसी की मंजरी सी हो गयी मुहब्बत मेरी
मुझे अपने मन के आँगन में बिखरने तो दो,
देवता से हो जाओगे, इबादतों के काबिल।।

न जाने कौन सी आबेहयात पी के
जन्मी है ये मुहब्बत
कि हर जहर बेअसर है इसकी जात पर।।

इश्क की नादानियाँ तो देखो,
उसे पाने की जिद्द, जो अपना है ही नहीं,
उसे खोने का गम, जिसे कभी पाया ही नहीं।।

कभी तड़प कर पास आना,
कभी बेरूखी से छिटक जाना,
बेहद कश्मकश है, उसे अपनी मुहब्बत में

इश्क में क्या कहें किस कदर बेताब हुए जाते हैं हम,
वो गुस्ताख हुए जाते हैं,
और बेहिसाब बेबाक हुए जाते हैं हम।।

आओ इश्क में एक सौदा करते हैं,
तुम मेरी वो अधूरी शाम लौटा दो,
मैं तुम्हें, तुम्हारी बेचैन रातें लौटा दूँगी।।

कलम उठाने भर की देर है साहिब,
किस हद तक होगा, फिर जिक्र तेरा,
खबर तो मुझे भी नहीं।।

यूँ ही नहीं जागा है, ये शायरी का फन मुझमें,
एजाज ए मुहब्बत ने बनाया है,
बाँस से बाँसुरी मुझे।।

गुमगश्ता है कुछ मुझमें मुद्दतों से,
खुदाया तेरी मुहब्बत है?
या कि मैं खुद हूँ?

तेरी आँखें जैसे सरे मक्तल[1]
कशा कशा ले आती है मुझे,
मेरी ही रजा से।।

1. कत्ल करने की जगह

दर्द तो वो भी सताता है दिल को,
जब खामोशियाँ भी पढ़ लेने वाला
लफ्जों से भी बेखबर हो जाता है।।

हजारों दबी हसरतें, करवटें लेती हैं,
जमीन के भीतर, ताबूतो में
सतहों पर जलजलें यूँ ही बेसबब तो नहीं आते।।

ये कैसा रिश्ता बन गया है तुमसे,
न मिलते हैं, न बिछड़ते हैं,
और साथ–साथ चलते भी हैं।।

कितना मुश्किल है, उस जाहिर सी बात को,
जाहिर करना
और कितना मुश्किल है, उस जाहिर सी बात को छुपा पाना।।

तहरीर ए इश्क में उसने हाले दिल बयाँ कर दिया,
राज जो हिजाबी[1] था अब तक,
बेबाक हो खुले आम कर दिया।।

1. परदा

वो बात और है, कि लाख बातें मुहब्बत की
होठों पे थमी रहती हैं,
पर जब तक न हों आँखें नम, इश्क में एक कमी सी रहती है।।

किस कदर वो हम पर सितम ढाया करते हैं,
जानते हैं कि रह नहीं सकते उनके बगैर,
इस करके हमसे रूठ जाया करते हैं।।

रात भर महकी हूँ, गुलाबों की तरह,
रात भर भिगोया है, तेरी मुहब्बत ने,
बरसातों की तरह।।

जिंदगी ने ये क्या सितम कर दिया,
कुछ बर्बाद इश्क ने किया, कुछ बर्बाद
शायरी ने कर दिया।।

दोहरी जिंदगी जीती हूँ मैं,
एक वो, जो लबरेज है, तेरे एहसासों से,
एक वो, जिसमें तू कहीं नहीं, कहीं भी नहीं।।

बेहद तल्ख और बेरब्त, हकीकते हैं,
जिन्दगी की,
क्या बुरा है, जो मैं चंद गफलत में जी लूँ।।

महकती हुई कुँ ए हबीब से, लौट तो आई हूँ मैं,
चंद सलवटें बिस्तर पे, कुछ सीली तहरीरें,
तकियों पे छोड़ आयी हूँ मैं।।

तेरे इश्क की पाकीजगी ने वो असर किया मुझ पर
कि जिंदगी तो क्या अब तस्सवुर में भी
किसी और की जगह नहीं।।

लज्जते इश्क चाहिये तो कुछ तलब बाकी रखिये,
आबे हयात भी बेअसर हो जाती है,
प्यास बुझ जाने के बाद।।

इश्क पूरा हो गया उसका, चाँद के मानिंद,
अब घट रहा है आहिस्ता–आहिस्ता
चाँद के ही मानिंद।।

लम्हा–लम्हा तुझे याद करती हूँ,
बस यूँ ही दिन कट जाता है मेरा,
तेरे बगैर भी, तेरे साथ भी।

जिस्म से लेकर रूह तक है,
तेरी ही निशानियाँ,
मुझे देखकर लोग तुझे पूछते हैं।।

तेरा वजूद हवाओं के जैसा,
दिखता भी नहीं और हर पल छू के
गुजरता है मुझे।।

नशा बस तेरी मुहब्बत में नहीं,
तेरे नाम में भी है, बस एक बार लेते हैं,
और सुरूर हो जाता है।।

न कोई खुद्दार होता है, न बेगैरत होता है,
जिंदगी सबको तोड़ती है कहीं न कहीं,
जरूरत के हिसाब से।।

या खुदा कोई ऐसा रास्ता दिखा,
कि शाने मुहब्बत भी रह जाए,
और दीदारे यार भी हो जाए।।

आज किसी ने नहीं सराहा मेरी नज्मों को,
लगता है कुछ खुशफहम समझदारों
के बीच आ गये हैं हम।।

तेरे ख्यालों से भी निजात पा जाऊँ,
इस ख्याल से भी निजात पाना
मेरे बस में नहीं।।

मुलाकातों के मौसम पे तो पतझड़ आया है,
चलो आँसुओं की बरसात कर,
सावन का मजा लेते हैं।।

मिजाज ए शायरी देख मेरा, हैरत में है जमाना,
किस कदर झरने छिपे रहते हैं
पत्थरों के भी सीने में।।

ये मिजाजे शहन्शाही है हमारी कि तेरी यादों का
कोई वक्त मुकर्रर नहीं करते,
जब जी चाहें याद किया करते हैं।।

तेरे एहसास की डोर से बंधी है साँसे मेरी
और हैरत की बात, कि मुझे आजादी की
दरकार भी नहीं।।

कोई पहचानी सी खुशबू है, आज फिर हवाओं में,
लगता है फिर कहीं आज,
जिक्रे मुहब्बत छेड़ा है किसी ने।।

पन्ने पलटे डायरी के तो हैरत हुई खुद पर
जितना तुझे चाहा भी नहीं, उससे ज्यादा तो सोचा है तुझे
जितना तुझे बोला भी नहीं, उससे ज्यादा तो लिखा है तुझे

तेरी यादों के कमरे से चली तो आयी हूँ मैं,
चंद सलवटें बिस्तर पर, कुछ खारी नमी,
तकियों पे छोड़ आयी हूँ मैं।।

शायरी की तो फितरत ही, दर्द की है जनाब,
लिखने वाले, सुनने वाले, दोनों के ही सीने में
दर्द भरे दिल धड़कते हैं।।

बहुत मश्वरा दे रहे हो जनाब
अरे इश्क करो पहले, दलीलों को तुम्हारी,
बदलते देर नहीं लगेगी।

बिखरना तो जैसे मेरे मुकद्दर में था, पहले तेरी मुहब्बत में
अब कागजों पे लिखी तहरीरे इश्क में
बिखर रहे हैं हम।।

बड़ी ठहरी है जिंदगी, इसे किसी तूफान की दरकार है,
क्यूँ नहीं तुम आ जाते, एक बार फिर,
सब बिखेरने के लिए।।

खामोशी से गुजर जाने दो, इस तूफाने इश्क को,
कि बेहिसाब जलजले आयेंगे फिर,
इसके ठहर जाने के बाद।।

बेतहाशा शोर उठा रात की तन्हाई में,
कोई जल उठा आज फिर,
चाँद की परछाई में।।

पहला प्रेम बर्फ के खंजर की तरह होता है,
जो भीतर तक घाव करता है,
और भीतर ही रह जाता है।।

उम्र, जात, मजहब, रूतबा, सरहदें, बाँध दें
जिस जज्बे को,
दिल की दुनिया में उसे मुहब्बत नहीं कहते।।

इश्क में फितरत फकीरों सी हो गयी,
हर वो दरवाजा खटखटाते कि
जहाँ से तू मिल जाए मुझे खैरात में।।

जिन्हें मेरा हिज्र बेखौफ मुबारक था,
वो बदनसीब अपनी नादानियों के बावस्ता,
मेरे खाकों पे गुजारा करते हैं।।

तेरा दिया कोई नाम, न जाया किया हमने साहिब,
चाँद कहा, तो रात भर जले तन्हा,
मेंहदी कहा, तो पिसते रहे, संवरते रहे।।

मेरा माजी[1], बेसूद[2] अजीयत[3] के सिवा कुछ भी नहीं,
चंद खाके[4] बिगड़े हुए, कुछ अधूरी हसरतों के सिवा
कुछ भी नहीं।।

1. अतीत, 2. व्यर्थ, 3. कष्ट, 4. अधूरी तस्वीरें

मुहब्बत है, जो शख्सियत को गुलनार करती है,
वर्ना गुलाबों की सी खुशबू के
पसीने नहीं हुआ करते जनाब।।

नहीं गूँजेगा अब कोई नग्मा ए मुहब्बत,
इस वादिये गुलशन में,
बाद तेरे अब यहाँ, सिर्फ कजा की बात होगी।।

जहीन हूँ मैं तब तक, जब तक उसके मुताबिक हूँ
मेरे वजूद की तपिश से,
उसकी मुहब्बत धुआँ होती है।।

आसेब[1] के जैसा पीछे पड़ गया है इश्क,
जो होती लत शराब की, तो फिर भी
छुटकारा मुमकिन था।।

1. भूत/प्रेत की बाधा

हर बात हद में अच्छी लगती है,
हद से ज्यादा जुदाई भी अक्सर
जुदा कर देती है।।

किश्त किश्त कटती जिंदगी, साहूकार के
सूद जैसी,
सिर्फ बढ़ती है, कटती नहीं।।

इश्क में सुर खुद चहकने लगते हैं,
कुर्बत हो कि गुरबत, इश्क हर हाल में
गला तर रखता है।।

पैर के नीचे की जमीन तक खींच ली उसने,
सरका के मुझे तरीके से।
वो जुदा तो हुआ मुझसे, मगर रफ्ता–रफ्ता, बेहद सलीके से।।

शोखियाँ लबों की मेरे हाजिर थी,
हर गुनाह की सजा पाने को
फिर क्यूँ सजा तूने, मेरे बेकसूर काजल को दी।।

पिन्हाँ[1] हूँ मुद्दतों से गुजरे हसीन लम्हों में
पेशानी[2] पर तेरे लम्स[3] का एहसास,
अब तक रवाना है।।

1. डूबा, 2. माथा, 3. छुअन

कहाँ तक पढ़ोगे तहरीर मेरे आँसुओं की,
बेहिसाब जख्म दे गया है कोई,
रिसते ही रहते हैं।।

मत सिखाओ फलसफे मुझे, अब इश्क के,
कि मैं खुद मुहब्बत हो गई हूँ,
मुहब्बत लिखते करते।।

अपने, भी अपने हों, कोई जरूरी नहीं,
दिल से जुड़े रिश्तों के लिए,
किसी रिश्ते का होना जरूरी नहीं।।

कुछ अपने आज फिर खफा है मुझसे
कि आज फिर मैंने अपनी जिंदगी के चंद फैसलों पे
अपना मश्वरा देने की कोशिश की है।।

बड़ी तबीबी[1] फितरत है शायरी की
आहिस्ता आहिस्ता ही सही
हर जख्म को भर देती है।।

1. चिकित्सक

खुद को जिंदा रखने की जंग में,
एक किरदार में, न जाने किरदार
जीते हैं हम।।

ये तू है, कि कोई दर्द पुराना,
रह–रह के उठता है
शिद्दत से मुझमें।।

कुछ सवाल बेहद खुद्दार होते हैं
टूट जाते हैं मगर
जबाब नहीं माँगते।।

है रात आखिरी, ये तेरे–मेरे वस्ल की
जी चाहता है मेरा,
शब भर तुझे सुनती रहूँ।।

हँस के ढाँप लिया मैंने अपनी दरारों को,
उस लापरवाह को इल्म भी नहीं,
कि कहाँ, कहाँ से उखड़ी हूँ मैं।।

मुद्दतों से बह रहे हैं, नतीजे मेरे रूखसारों पे,
बेसबब मेरी मुहब्बत के
और उनको लगता है कि जी रहे हैं हम।।

बन के सुरूर तेरे दिल पे छा जाना चाहते हैं,
सिर्फ फुरसतों में नहीं, तेरी मसरूफियत में भी,
हम खुद को पाना चाहते हैं।।

तेरी शख्ससियत उर्दू के जैसी,
वजन बढ़ जाता है मेरी हर बात का,
तेरे लहजे से लिपट कर।।

टूट के लिपट गया, वो मेरे लफ्जों सें ऐसे,
कि उसके भी दिल के छालों को मैंनें
छू दिया हो जैसे।।

इशारे, अंदाज, लफ्ज, नग्मे और वफाए
जब सब बेअसर हो जाए
बहुत बेहतर है कि फिर हम खामोश हो जाए।।

बड़ी राहत का सफर था, गमे हयात का कि जब
अजनबी हुआ करते थे हम दोनों
मुश्किलें बढ़ती गयी ज्यों–ज्यों करीब हुए हम दोनों।।

तेरे लम्स[1] का एहसास, मुझ पर असर
करता है कुछ ऐसे
चिलचिलाती धूप में रेंगता है, धीरे–धीरे पसीना जैसे।।

1. स्पर्श

बेहिसाब गुलकारियाँ[1] थी, मुझमें मुहब्बत की
तूने सिर्फ तल्खियाँ तलाश की,
तो मैं क्या करूँ।।

1. कढ़ाई के बेल बूटे

मजे से कट रही थी, जब तक अनजान थे तुझसे
शानसा[1] हुए जबसे, तुझसे ए जिंदगी
साकित[2] सलीब[3] पे लटके हुए हैं हम।।

1. परिचित, 2. मौन, चुप, 3. सूली

टूटे साज के नग्में, बड़े दिलकश लगे जनाब को
बस इस कर के शायद वो मुझे
ताउम्र दर्दे दिल की दुआ दे गये।।

सिलसिलेवार ही रही मुहब्बत उसकी
उसका आना भी,
उसका जाना भी।।

उसकी आवाज पे दिलकश गीत गुना करती थी मैं,
बेहिसाब तन्हा हूँ आज,
आवाजों की भीड़ में।।

वक्त के मेयार, हादसों से तय होते हैं,
तेरा मिलना, जैसे कल की ही बात
बिछड़े हुए तुझसे, मानों जमाना हो गया।।

डूब मरे हैं हम, तेरी आँखों के खारे समन्दर में,
बेहिसाब हसरतें दिल की,
अब किनारे आ लगी हैं मेरी।।

गजब गहराई थी, उस शख्स की आँखों में,
तैरने से बेहतर,
डूब जाना लगा मुझे।।

उफक की रफाकत है, ये तेरी मेरी मुहब्बत साहिब
जो मिलती तो है, पर मिलती नहीं
एहसास तो है, पर छू सकते नहीं।।

मिजाजों के बदलने में देर लगती ही नहीं,
सूरज के उतरते ही,
लोग चाँद के तलबगार हो जाते हैं।।

तुझे भूल जाने का मन तो नहीं था मेरा
और भूलते भी जा रहे है रोज तुझे
थोड़ा–थोड़ा।।

मुझसे नहीं मेरी नज्मों से मुहब्बत कर
मैं तो परायी हूँ, पर मेरे ये अशआर,
तेरे भी दिल के हो सकते हैं।।

खुदा–खुदा कह के इश्क को,
न जाने कितने मतलब खोद लिये
लोगों ने मुहब्बत के।।

बाद मुहब्बत के बस ये खलिश रह गयी रातों को,
अब गिरफ्त ए बाजुओं में मेरे,
भीगे तकिये होते हैं, तुम नहीं।।

हर रिश्ते का अपना वजूद होता है
रिश्तों में प्राथमिकता की उम्मीद काफी है,
किसी भी रिश्ते को तोड़ने के लिए।।

जलवे शमशीर करने होंगे अब अपने
तेरे कत्ल के वास्ते
सादगी भरी मुहब्बत, तो तुझ पर बेसर हो गयी।।

दिन–रात मेरे स्याह धुंधले सही,
पर हसीं ख्वाबों का एक रंगीन ताजमहल
अब भी बसर करता है मुझमें।।

मैं ठहरी हूँ मुझमें यूँ तो बरसों से,
बस लियाकत ए मुहब्बत के वास्ते,
हजार किरदार निभाती हूँ मैं।।

इस कदर बेबसी से, रस्में मुहब्बत
निभा रहे हैं हम दोनों,
हाले दिल, सरे महफिल, लिख–पढ़, गा–सुना रहें हैं हम दोनों।।

बड़े कमाल की चीज है ये मुहब्बत,
वो अलग बात है,
कि जान लेवा है।।

एक सूनी रात, हथेली पे ले चली हूँ मैं,
हो इजाजत ए जिंदगी,
तो कुछ दिलकश ख्वाब बुनना चाहती हूँ मैं।।

कोई हो खरीददार तो बोली लगाये,
खारे पानी का एक समुन्दर बेचना है मुझे
बड़े नायाब गौहर रखते हैं, पलकों में हम।।

महसूस होती है तेरी कमी दिल को कुछ ऐसे
गुम हो ज्यों चिलचिलाती धूप में,
छाँव देता, कोई शजर जैसे।।

इस कर के बह जाती हूँ मैं, साथ उसके
कि कोई पिघली सी हसरत हूँ मैं,
शायद उसके दिल की।।

आँखें कभी खाली रही ही नहीं मेरी,
कभी ख्वाब, कभी अश्क, कभी उम्मीद, कभी तुम,
बसते ही रहे इनमें।।

हजार शिकायतें गमे जीस्त से सही
पर बेहद कीमती हो जाती है जिंदगी, तब
जब अचानक हाथों से छूटने लगती है।।

तेरी मुहब्बत बेशक, आज बेअसर है मुझ पर
पर गुजरे हसीन लम्हों का सुरूर,
आज भी पहले जैसा है।।

बेफिजूल कवायदें हैं, समझने और समझाने की,
न कोई हमें समझता है और
न हम किसी और को।।

मुहब्बत क्या है, मैं बेखबर हूँ,
मैं तो महज तेरा और बस तेरा,
सिर्फ तेरा नाम जानती हूँ।।

दर्द वो नासूर बन गये, जो अनकहे रह गये,
जो बह गया वो पानी था, आँसू तो वो थे, जो आँखों में रह गये।

गर मुहब्बत है, तो आओ बाँटे सुख–दुख अपने।
ये वो राज हैं, जो अकेले के बस की बात नहीं।।

तेरी कहानी सारी दुनियाँ
मेरा फसाना ..... सिर्फ तू।।

इश्क तब बेहद पाक और हसीन होता है,
जब खिरद की सरहद से बाहर होता है।।

उसकी गिरफ्त–ए–बाजुओं ने, अपने आगोश में ले लिया मुझे ऐसे
तेज उफनती नदी पे, कोई बाँध बना दिया गया हो जैसे।।

बेहिसाब मश्वरे इश्क पर वही देते हैं,
जिनकी गली से होकर ये कभी गुजरा भी नहीं।।

बिलख रही है मुहब्बत मेरी, मेरे दिल के आँगन में,
इसे तेरे नाम का खिलौना चाहिए।।

रात भर उसका एहसास मुझे छेड़ता रहा,
मैं करवटों में रही, बिस्तर सलवटों में रहा।।

तपते सूरज की तपिश तब और भी बढ़ जाती है
तब तेरी यादों की खलिश दिल को जलाया करती है।।

इश्क हुआ, तो रातों की संजीदगी का एहसास हुआ
वरना तो यूँ ही गुजर जाया करती थी।।

उस वक्त की बेकरारी का आलम न पूछिये साहिब,
जब तुम मुखातिब भी होते हो,और बेकरार भी।

इजहारे मुहब्बत की तलब उन्हें होती है, साहिब
जो अन्दाजे मुहब्बत से बेखबर होते हैं।।

जुगनू सी चमक उठती है, निगाहें मेरी,
जब इनमें तेरी मुहब्बत, सितारों सी रोशन होती है।।

गुले बहार चुन लायी हूँ ,खारजारों से मुहब्बत के,
जिस्म जख्मी सही, मगर रूह सुकून में है।।

एक सम्मोहन है तेरी रफाकत,
हर लगाव का नाम मुहब्बत तो नहीं।।

जानते हो मेरे क्या हो तुम?
मेरी मुद्दतों की तलाश पे, विराम हो तुम।।

संगे दिल, संगे बदन हो जाए मेरा
मुकम्मल बुत के वास्ते जरूरी है, कि सब संग हो जाए मेरा।।

लिख दी एक तहरीर इश्क की तेरे होठों पे,
लो पढ़ लो अब, कलमा इश्क का

गुजरता वक्त कभी गुजरता ही नहीं,
साथ चलता हयात ए सफर में, परछाइयों की तरह।।

दूर ही रखो मुझे मुहब्बत में इबादत से
मुझे खुदा नहीं, खुदा का नेक बंदा चाहिए।।

इश्क के मेयार तय नहीं होते साहिब,
इश्क को परखा नहीं महसूस किया जाता है।।

तुम तो खामोशी से ही धड़कते हो मुझमें,
बस धड़कने हैं, कि बेहिसाब शोर किया करती हैं।।

बहुत खूबसूरत थे वो अल्फाज उसके,
जो उसने कहे ही नहीं।

या मौला, क्यूँ खुदा बने जाते हो ए महबूब मेरे,
मुझे तुझसे मुहब्बत करनी है, इबादत नहीं।।

लफ्ज–लफ्ज चूम लेती हूँ उन नज्मों का,
जिन नज्मों में खामोशी से तेरा जिक्र होता है।।

लफ्जों पे वजन रखने से, नहीं झुकते पलड़े मुहब्बत के साहिब
यहाँ तो हल्के से इशारे पे, जिंदगियाँ कुर्बान हुआ करती हैं।।

इश्क मजा दे रहा है, उसकी अधूरी बातों में,
क्या हश्र होगा इस दिल का, जब ये किस्सा मुकम्म्ल होगा।।

तड़प के बोले वो, हो इजाजत तो
अब हमें रूखसत कर दो।।

बोझा सा लिए फिरते हैं दिल पे, एक मुख्तसर सी बात का,
मुख्तसर सी बात ने, जीना मुहाल किया है मेरा।।

रौनके बागवाँ के लिए मुरझाये पत्तों का होना भी जरूरी है,
बेहिसाब गुलों से लदे चमनजार, कुछ अधूरे से लगते हैं।।

ज्यादा तो कुछ नहीं, बस इतना है तेरे बिना,
खुशी आधी है, गम दुगना है तेरे बिना।।

तुझसे मुहब्बत, लौट रहा है जैसे बचपन मेरा,
पर तुझे पा लेने का ख्याल, महज बचपना मेरा।।

गर दूर चले जाने भर से, दूर हो जाओ,
तो जाओ.......इजाजत है तुम्हें।।

हयातें सियासत की उलझने तुम्हें मुबारक,
मैं तो बस तेरी मुहब्बत में उलझना चाहती हूँ।।

वो शायरी के जानिब हो रहे हैं धीरे–धीरे,
लगता है इश्क से मुखातिब हो रहे हैं धीरे–धीरे।।

गजब तलाश है मुहब्बत में,
गुमगश्ता[1] है जहाँ, वहीं खुद को ढूँढते हैं।।

1. खोया हुआ

बड़ी तलब है मुझे, उस आगाजे मुहब्बत को सुनने की,
जब तुम मुझे महसूस करते थे, कहते नहीं थे।।

इश्क क्या कर लिया,
बेहिसाब काशों पे जीने लगे।।

नादां हैं वो जो कहते हैं, इश्क ने बर्बाद कर दिया मुझको,
बाद इश्क के ही तो, जिंदगी से मुहब्बत हुई है मुझको।।

इश्क को कतरा–कतरा जिया है मैंने,
तब जाके दिल में दर्द, और लफ्जों पे नूर आया है मेरे।।

इश्क का रंग और गुलनार होता है,
जब नसीब से दो शायरों को प्यार होता है।।

तूफाने इश्क मेरा, तुम सह न पाओगे,
मौजे दरिया में, तुम भी बह जाओगे।।

इश्क में बर्बाद हूँ गर, तो मुकद्दर की बात है
वरना कितने तीरबख्त[1] यहाँ, बेवजह बर्बाद हुआ करते हैं।।

1. अभागे

जितना–जितना मुहब्बत के करीब आओगे,
उतना–उतना मेरे लफ्जों में खुद को पाओगे।।

लाख दगाबाजी सही, गमे जीस्त[1] में,
पर इश्क का कारोबार आज भी भरोसे पर चलता है।।

1. जिंदगी

प्रेम पत्रों का सिलसिला, एक गुजरा हुआ कारवाँ
मुहब्बत का।।

जिक्र ही तो छेड़ा था मुहब्बत का,
कि महफिल की सूरत गुलाबी हो गयी।।

औरों के तजुर्बों से तय नहीं होता रास्ता इश्क का,
हर शख्स यहाँ नये किरदार के साथ आता है।।

हर बात उबाऊ हो जाती है वक्ते मियाद के साथ,
बस इश्क ही है जिसके नग्में कभी पुराने नहीं होते।।

लज्जते मुहब्बत शराब की तरह
उतर भी जाए तो सरूर बाकी रहता है।।

मैं कुछ नहीं, सिवा एक ठहरी तस्वीर के,
मेरे चेहरे पे नूर तेरी मुहब्बत का है।।

गमे हयात चाहे जो हो,
निजात बस एक तेरी सोहबत नजर आती है।।

दिल जब भरा–भरा हो,
तो बड़ा खाली– खाली सा हो जाता है।

झूठी हंसी के पीछे कब तक गम को छुपायेगा कोई,
दिली सुकूँ के वास्ते खुल के रोना बेहद जरूरी है।।

पत्थरों को खुदा बना लो साहिब,
मुहब्बत न सही, इबादत तो हो ही जाएगी।।

किसी का नजरे करम हुआ है मुझ पर कि
करवटें ले रही हैं आरजुएँ मेरी धीरे –धीरे।।

बड़े खुशनसीब होते हैं वो गुलाब
जो किसी किताब के साये में सोते हैं।।

तुझसे बेहतर मेरे हाल से वाकिफ और कौन होगा,
तुझसे बेहतर मेरे हाल से अनजान और कौन होगा।।

तेरी शख्सियत, जैसा उगता सूरज आते ही
निगल जाता है, मेरे दर्द के हर अंधेरे को।।

दूर होकर भी पास रहने का हुनर
कोई तुमसे सीखे।।

जब–जब दर्द ने मेरे करवट ली है शिद्दत से,
हुस्न और भी निखरा है तब–तब मेरी शायरी का।।

इस अकेली शाम में भी, गर तेरा तस्सवुर न आए,
तो मुहब्बत के गुनहगार हो जाएंगे हम।।

ये अश्क भी बड़े मौका परस्त होते हैं
एक हमदर्द को पाते ही, अपना घर छोड़ देते हैं।।

कोई दूर है मुझसे, बहुत दूर
फिर क्यूँ उसे खुद में शामिल पाती हूँ मैं।।

इस कदर शामिल है तू मुझमें,
कि हर मिसाल खुद पे शर्मसार है।।

तेरी यादें तुझसे ज्यादा वफादार
एक पल को भी मुझसे दूर नहीं जातीं।।

बेपनाह हुस्न बख्शा है ए खुदा तूने इश्क को,
ये कभी उम्रदराज नहीं होता।।

उंगलियाँ तराश भी दूँ,
आदतन तेरा ही नाम लिखेंगी।।

जख्म बिगड़े तो बदन भी काट के फेंक दो यारो,
वरना तो कांटा भी, मुहब्बत से निकालो।।

अब जुबाँ काटने की रस्म न डालिये,
कि यहाँ तो लब ही सिले बैठे हैं जमाने से।।

मुझे पैकर–ए–महसूस से मुहब्बत है,
तेरे ख्याल तो अब जान के दुश्मन बन गये हैं मेरे।।

चलता रहने दो यारो, ये सिलसिला दिलदारी का,
इश्क कोई तालीम नहीं, जो पूरी हो जाए।।

मैं तेरी मुहब्बत का मधुर गीत हूँ साजन,
जो हो सके तो मीठी लय में गुनगुना मुझको।।

मुहब्बत का उजाला हो जहाँ
चिरागों की रोशनी अक्सर मद्धिम हुआ करती है वहाँ।।

बड़ा हुजूम है तेरी यादों का,
फिर भी बहुत तन्हा हूँ मैं।।

फकत तेरी हमदर्दी नाकाफी है मुझे,
मुझे तेरी, तलख गुफ्तगूँ की भी दरकार है।।

मुहब्बत और शर्त, कोई मेल नहीं इनका,
एक को तो हारना पड़ता है।।

दरख्त ए मुहब्बत, भले हर आँगन में न लहराये,
पर छोटे–छोटे पौधे तो हर आँगन में लगते हैं।।

अश्कों के साथ मुस्कराना,
एक बेमेल तोहफा मुहब्बत का

न जाने कब तेरे ख्यालात मुझ पर हावी हो जाए,
इसलिए कागज–कलम सिरहाने रख के सोती हूँ।।

बहुत खूब वक्त होता है रात की तन्हाइयों को,
जब दुनिया से जुदा, और खुद से रूबरू होते हैं।।

वो मुझसे मेरी मुहब्बत का हिसाब मांगते हैं,
मैं हैरत में हूँ, बेहिसाब है जो, उसका हिसाब कैसे दूँ।।

आज रात हम भी चैन से सोयेंगे,
न जाने कब तक इस गलतफहमी में जीती रहूँगी मैं।।

जिंदगी के लिए किसी दर्दे दिल का होना जरूरी था।
मुहब्बत का न होता, तो कोई और होता।।

महके मुहब्बत को रूह तक उतारने का,
बड़ा दिलचस्प सफर तय किया है हमने।।

जहाँ लफ्जे बंदिशे न हो,
वो रिश्ते भी कमाल होते हैं।।

गजब फुसूँ[1] है मुहब्बत का, जो बुत को खुदा
और अश्कों को गंगाजल कर देती है।।

1. जादू

एक तरफा गुफ्तगूँ से नहीं होते, फैसले दिल के साहिब
वाजिब नतीजों के लिए, मिल बैठना बेहद जरूरी है।।

जिस बात की शिद्दत कोई समझे ही नहीं,
फिर उस पर जिरह बेमानी है।।

मुझसे क्या पूछते हो कैफियत मेरे इश्क की
तेरी चढ़ती–उतरती साँसें भी तो, मेरे इश्क से रफ्तार लेती हैं।

हयात ए मुसाफत में तुझे ढूंढती हूँ ऐसे
कोई बहुत जरूरी चीज रख के भूल गयी हूँ जैसे।।

बहुत पूरे थे हम, तेरे आने से पहले
कितने अधूरे हैं मगर, बाद जाने के तेरे जाना हमने।।

तपती दोपहर में भी ठंडी आहें लेती हूँ,
कुछ ऐसा असर होता है, तेरे नाम का मुझ पर।।

हजारों ख्वाहिशें मेरी, एक साथ आ बैठी हैं धरने पे,
मैं बेबस हूँ बहुत, अपने ही महकमें में।।

मैं हसीन हूँ, उम्र के उस दौर तक,
तेरी मुहब्बत बसती है मुझमें जब तक।।

क्यूँ कर माँगू मैं दुआएँ, सुकून भरी नींद की,
मेरा तो सपना ही खुली आँखों का है।।

खुदा के मानिद यूँ दूर से न याद कर मुझे मेरे साहिब,
मैं इंसान हूँ, मेरे करीब आ, तो बेहतर होगा।।

वो खौफजदा हैं, मेरी आँखों की अदालत से,
मुझसे ज्यादा जिरह तो मेरी आँखें करती हैं उनसे।।

लापरवाही उसकी, असर कर गयी धीरे–धीरे,
कि अब उसकी हर दलील, मुझपे बेअसर हो गयी धीरे–धीरे।।

जानशीं थे हम उन्हें, जब तक हासिल न थे,
इकरारे मुहब्बत ने तो उन्हें मगरूर बना दिया।।

बात तो कुछ न थी, बेकार बात बढ़ा ली तुमने,
बात फिर इतनी बढ़ी कि फिर कोई बात न बनी हममें।।

किसको फुरसत है यहाँ, जो किसी का गम सहेजे
इस करके मैंने अपने अशआर दो सिरे के कर दिये।।

तिजारत के मानिंद हो गया, अब हर रिश्ता,
हर रिश्ता अब पहले अपना फायदा देखता है।।

जर्रा–जर्रा बिखर गई हूँ तेरी मुहब्बत में साहिब,
मुझको समेट सकना, अब तेरे भी बस की बात नहीं।।

कुछ 'काश' होते हैं, हर शख्स की जिन्दगी में,
जो ताउम्र, बस 'काश' ही रह जाते हैं।।

मैं कुछ नहीं, सिवा अधूरी तस्वीरों के,
बिन तेरे मेरी तखाईल का हर रंग अधूरा है।।

तू लाख सितमगर सही, पर तुझे याद रखना है,
सबक की तरह।।

इश्क में एहतियात भी जरूरी है साहिब,
यूँ दीवानों की सी मुहब्बत बार–बार नहीं होती।।

वहदत[1] से हो गर तकल्लुम[2] के सिलसिले,
तो यकीनन मेरे गुनहगार, तुम ही साबित होगे।।

1. निष्पक्षता, 2. बातचीत का ढंग

और किस हद हिफाजत करूँ मैं अपनी मुहब्बत की
कि मुद्दतों से उसे लिख रही हूँ, उसका नाम लिए बगैर।।

इश्क में बेहद हुनरबाज हो गये हैं हम,
भर के अश्क आँखों में, अब बेहिसाब मुस्कराते हैं हम।।

एक पहेली के जुदा–जुदा, दो हिस्से हैं हम दोनों,
मुकम्मल होने की हसरत लिए, कब से अधूरे हैं, हम दोनों।।

गमे रोजगार से उसे फुर्सत ही नहीं,
रफ्ता–रफ्ता हम जुदा हो गये, उसे खबर ही नहीं।।

दो पत्थर दिल टकराये थे इश्क में,
चिंगारियों का पैदा होना लाजिमी था।।

कपूर के मानिंद जली हूँ इश्क में,
न राख, न तपिश, बस धुआँ ही धुआँ।।

हर लफ्ज बेशकीमती है उसके नाम का,
जो जोड़ के पढ़ लूँ, तो इबादत हो जाती है मेरी।।

दिल में किसी की याद का तूफान रह गया,
जनाब खुद तो चले गए, सामान रह गया।।

तू नहीं है, कहीं नहीं, और बहुत पास भी है मेरे,
न जाने ये कैसी मौजूदगी है तेरी

बड़ी जोर से धड़का दिल, उनके आने की खबर सुनकर
बड़ा नादां है दिल मेरा, अफवाहों को भी सच समझता है।।

वो खते मुहब्बत आज फिर सामने है
जिन्हें कभी लिखकर रोये, आज पढ़ के रोये।।

एक गुस्सा जो पैदा होता है तेरी जुदाई से,
बेबसी पे जाके, दम तोड़ देता है।।

बेशकीमती है गुलाब, क्योंकि मुहब्बत की निशानी है,
फकत गुले बहारों की इतनी कीमत नहीं होती।।

दो पल दे मुहब्बत के,
फिर बहुत देर तक महकते हैं मुझमें वो।।

रिहाई चाहते हैं अब, इस कैद–ए–मुहब्बत से हम,
कि मुद्दते हो गई कहे हुए, कि खैरियत से हैं हम।।

परिन्दों के मानिंद कैद मिली मुहब्बत में,
पंख सलामत रहे, उड़ानों पर पहरे बिठा दिये गये।।

तूने मुझे चाँद क्या कह दिया,
रातों को जागना, तो जैसे मेरा नसीब हो गया।।

जिल्लत की महफिलों से, गैरत की खल्वतें बेहतर,
मुहब्बत बेशुमार सही, पर गैरत से बढ़कर कुछ नहीं।।

हुस्न मेरा बेमिसाल तब होता है
शरारत भरा इसमें, जब तेरा ख्याल होता है।।

तुम भी रूबरू हो, हम भी मुखातिब हैं,
गुमशुदा है, तो बस इश्क।।

लड़खड़ाते रहे जब तक, तो बेहतर था दुनियाँ के वास्ते,
तेरे कांधे पे सर रखना, गुनाहे अजीम हो गया।।

तेरे फेंके लम्हों के टुकड़ों को, अब उठाना छोड़ दिया हमने,
बामुहब्बत हैं हम, बेगैरत नहीं।।

लो कर दिया आज किस्सा तमाम, मुहब्बत का
लो कर लो अब हिसाब बैठ के, कि गलती किसकी थी।।

बाद मुहब्बत के भी, बहुत कुछ बाकी रहता है,
इमारत अगर गिर भी जाए, तो मलबा बाकी रहता है।।

वो कारवाँ था इश्क का... गुजर गया,
मैं रास्ते के शजर जैसी... अब तक वहीं हूँ।।

बेहिसाब ख्वाहिशों का बोझ है साथ मेरे,
मत सोचो कि कब्र में अकेली सो रही हूँ मैं।।

मैं खुल के सराहती हूँ, हर जख्मी नग्में को,
टूटे हुए दिलों का शोर, मुझे मेरे जैसा लगता है।।

मेरी डायरी के कितने ही लफ्ज छितरे हुए से हैं,
अक्सर तुझे लिखते–लिखते, रो पड़ती हूँ मैं।।

बेमतलब होती हैं वो मुलाकातें,
जिनमें साथ होकर भी दिल अकेला होता है।।

क्यों कर मैं सुकून ए रात की दुआएँ मागूँ
मेरा सपना तो जागती आंखों का है।।

रूहानी–रूहानी कहते–कहते, जिस्मानी होते गये लोग
इश्क तो वहीं रहा, बस मतलब बदलते गये लोग।।

लफ्जों की कारीगरी को शायरी कहते हैं,
जो एहसास उन्हें लिखवाते हैं, मुहब्बत कहे जाते हैं।।

लो, और एक दिन मुकम्मल हुआ, ...तेरे बिना,
लो, और एक रात तमाम होगी, ... तेरे बिना।।

मुक्तबा की रिक्तता हो जिनमें,
वो रिश्ते अक्सर खाली–खाली हुआ करते हैं।।

रौनकें अधूरी हैं, मेरे नाम की,
साथ तेरे नाम के बिना।।

गमे जुदाई को सिर माथे लगाना सीखो
ये भी एक मुकद्दस रस्म है मुहब्बत की।।

रफ्ता–रफ्ता जाते हैं जिंदगी से वो,
जो बड़े बावफा होते हैं।।

करवटें तो महज बहाना हैं, बिस्तर की सलवटों का,
असल में ये बेबसी है, जो चादरों में मरोड़ा करते हैं।।

सिर्फ जिन्दगी ही नहीं, कितना अधूरा लगता है,
मेरा नाम.... तेरे नाम के बिना।।

चलने दो ये खामोश मुहब्बत के सिलसिले यूँ ही,
कम से कम तेरे आने से, दिल धड़कता तो है मेरा।।

धड़क–धड़क सीने में, मेरे वो धड़कता रहा ऐसे,
रूनझुन–रूनझुन बजती हो, सोने की पायल जैसे।।

कोई एतराज नहीं मुझे, तेरे इंतजार से साहिब,
दुआ बस इतनी है कि मेरी उम्र से बड़ा न हो।।

इश्क था, होना था, हो गया, तो हम क्या करें,
दिल था, खिलौना था, टूट गया, तो हम क्या करें।।

मुद्दतें हो गयी, इश्क के खत जलाये हुए,
चिंगारियाँ अब तक सुलग रही हैं, सीने में मेरे।।

छूटते जा रहे हैं, वो गुजश्ता[1] लम्हें रफ्ता–रफ्ता मुझसे
कि बेसबब है, तेरा अब उसे आवाज देना साहिब।।

1. बीता हुआ

कि अब पलटने की रवायतें, छोड़ दी हैं मैंने,
कि गैरत की खल्वतों से, अब आबाद हूँ मैं।।

यूँ तो जिन्दगी, बेहद संजीदा है माना मैंने,
पर बेहतर हो कि इसे, लतीफा बना के जिया जाए।।

बेसबब है, किसी को खुशी की वजह बनाना,
बेहतर है कि बेवजह खुशी तलाशी जाए।।

फुर्सतों की मोहताज नहीं, मेरी मुहब्बत साहिब,
तुम मेरी मसरूफियातों में भी, मेरे हमसफर हो।।

आ बाँध लू तुझे गले में ताबीज की तरह,
कि तेरी निगहबानी में, बड़ी बेखौफ रहती हूँ मैं।।

वो रोज मेरे रूखसारों पर कुछ नया ढूंढते हैं,
गोया हम, हम नहीं, मानों कोई अखबार हों।।

इश्क में अक्सर मुझ पर खुमार आता है
प्यार आता है जब भी तुझ पर बेशुमार आता है।।

हम नहीं शामिल हैं, अब किसी मुकाबले में तुमसे,
शौक से हर बाजी, अब अपने नाम कर लो।।

वो सो रहे हैं बेखबर, किसी हसीन ख्वाब के इमकान[1] में
और हमें उनके ख्वाब, मुद्दते हुई सोने नहीं देते।।

1. उम्मीद

सुलझे–सुलझे से रहते हैं हम,
जब तुझमें उलझे–उलझे से रहते हैं हम।।

जिंदगी मनमुताबिक इस कर के भी नहीं होती अक्सर
कि अक्सर लोग वही किया करते हैं, जो आसान नहीं होता।।

अश्कों को मेरे, शिकायत है मुझसे,
महबूब से मिलते ही उन्हें बेघर कर देते हैं हम।।

तेरी यादें भी चीटियों का घर हो जैसे,
एक को छेड़ूँ तो हजार चली आती हैं।।

अपनी उम्रदराजी पर गुरूर न कीजिए जनाब,
तजुर्बे महज उम्र से नहीं, वरन हादसों से भी होते हैं।।

दो पत्थर दिल टकराये थे मुहब्बत में,
चिंगारियों का पैदा होना तो लाजिमी था।

बड़ा फुँसू, बड़ा मुजस्समा है, ए इश्क तेरी जात में,
कि वो भी इसके तलबगार हैं, जो इसके खिलाफ हैं।।

www.ingramcontent.com/pod-product-compliance
Lightning Source LLC
LaVergne TN
LVHW100554051026
849519LV00003B/947